김소월 시인 탄생 120주년 기념 시집

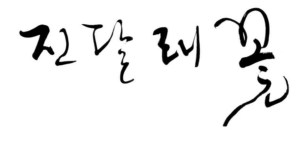

진달래꽃

구자룡 · 구미리내 엮음

할아버지 김소월 시인의 탄생 120주년을 맞이하여
기념 시집 진달래꽃을 출판해 주셔서 감사합니다.

2022. 9. 7.

김소월 시인 손녀 김은숙

소월 시집, 지지 않는 진달래꽃처럼.
-소월 탄생 120주년 기념 시집을 엮으며

구미리내
문학평론가, 문학박사. 명지대학교 객원교수

올해가 민족시인 김소월이 탄생한 지 120주년이 되는 해이다. 소월은 없지만 진달래꽃은 지지 않았다. 1925년 매문사에서 출간된 시집 『진달내꽃』, 이 한 권의 시집이 지난 97년간 700여 권의 이본(異本) 시집으로 출간되며 진달래꽃은 120년간 우리들의 곁에 오래도록 피어 있었다.

이번 출판되는 소월 탄생 120주년 기념 시집은 지금까지 출판된 소월의 이본 시집 중 130권을 선정하여 대표 시와 함께 표지를 수록했다. 지금까지의 무분별한 이본 시집과는 달리 한국에서는 처음으로 시도되는 이색 소월 시집으로 진달래꽃을 더 오래 활짝, 피어나게 할 수 있을 것으로 기대한다.

1부는 그동안 출간된 《진달래꽃》, 《못잊어》, 《산유화》 등 우리에게 잘 알려진 시집 표지 이미지를 시와 함께 수록했다. 2부는 소월의 시집 중 《김소월 시집》 또는 《세계명작선집》 등으로 잘 알려진 시집의 표지를 이미지로 수록했다. 제3부는 《소월 시 감상》으로 된 표지

와 소월을 모티브로 쓴 산문집을 표지로 수록했다. 제4부는 외국어로 번역된 시집과 소월시가 실렸던 교과서를 수록했다. 특히 스페인어, 베트남어, 아랍어 등 다양한 언어로 번역된 시집의 표지가 눈길을 끈다. 부록으로는 국내·외에 거주하는 외국인들에게 소월 시를 널리 알리고자 애송시 10편을 영어로 번역하여 수록하였다. 소월 시집 700여 권의 표지를 다 수록할 수 없는 아쉬움이 크다.

이 모든 자료는 내 아버지가 지난 50년간 귀하게 수집한 소장품에서 발췌했다. 발로 뛰며 땀과 열정으로 모은 자료로서 이번 시집 출판에 큰 힘이 되었다.

현재 전국에는 123개소의 문학관이 운영되고 있지만 진달래꽃은 대한민국 여기 저기 피어 있는데 평북 출신 소월은 남쪽이 고향이 아니라는 이유로 아무 데도 피어날 수 없음은 안타까운 일이다.

금회 시집출판에 많은 자문을 해주신 문화유산국민신탁 김종규 이사장님, 시집출판에 발 벗고 나선 박물관사랑 강병우 대표님, 무더위에 편집하시느라 고생하신 아름원 전장하 대표님과 직원 여러분, '진달래꽃' 캘리그라피를 써 주신 강병인 소장님, 감사문을 보내주신 김소월 시인 손녀 김은숙님, 시를 영문으로 번역해주신 우영숙 교수님과 캡션을 영문으로 번역해주신 고예진님께 감사드린다.

끝으로 이 시집이 소월을 기억하는 모든 사람에게 진달래꽃처럼 환한 추억을 가져다 줄 수 있었으면 좋겠다. 그들의 기억에 소월이 영원히 잊혀지지 않기를 기원한다.

2022년 9월 7일
서울 남산 소월로에서
구미리내

PART 2 · 눈물이 쉬루르 흘러납니다

PART 3 · 바다가 변하여 뽕나무밭 된다고

PART 4 · 등불과 마주 앉아 있으려면

부록 : 영어로 읽는 김소월 시
(Poems of So-wol Kim in English)

PART
1

나 보기가 역겨워 가실 때에는

「진달내 꽃」
1925.12.26 매문사(사진출처 : 배재학당역사박물관)

소월시 진달래꽃

1922년 『개벽』 7월호에 처음 발표한 소월의 대표작. 스승 김억에 의해 1925년 매문사에서 시집으로 출간된 후 표지가 다른 두 종류의 시집이 발견되었다. 한성도서주식회사 총판본과 중앙서림 총판본은 2011년 2월 25일 국가등록문화재 470호로 지정되었다. 위 시집은 배재학당역사박물관이 소장하고 있다.

진달래꽃

나 보기가 역겨워
가실 때에는
말없이 고이 보내 드리오리다.

영변(寧邊)에 약산(藥山)
진달래꽃,
아름 따다 가실 길에 뿌리오리다.

가시는 걸음걸음
놓인 그 꽃을
사뿐히 즈려밟고 가시옵소서.

나 보기가 역겨워
가실 때에는
죽어도 아니 눈물 흘리오리다.

「산유화」
1961.12.15 교양사

1925년 출간한 시집 『진달내꽃』에 발표된 작품. 1955년 여성잡지 『여원』에 정비석의 「산유화」소설이 연재되면서 독자들에게 알려졌다. 이후 다시 「산유화」가 영화로 상영되며 폭발적인 애송시가 되었다.

산유화

산에는 꽃 피네.
꽃이 피네.
갈 봄 여름 없이
꽃이 피네.

산에
산에
피는 꽃은
저만치 혼자서 피어 있네.

산에서 우는 작은 새여
꽃이 좋아
산에서
사노라네.

산에는 꽃 지네
꽃이 지네.
갈 봄 여름 없이
꽃이 지네.

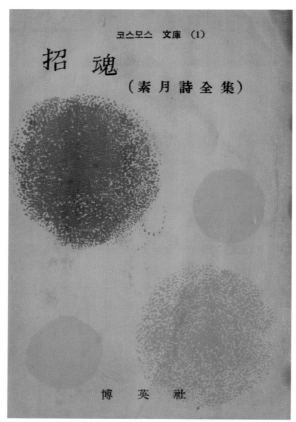

「초혼」
1959.12.10 박영사

소월시 초혼

1925년 시집 『진달내꽃』에 수록. 한 동네 여자 친구 오순이의 죽음을 슬퍼하며 노래한 시이다. 1959년 박영사에서 처음 이 제목으로 시집을 출간했고, 1960년 처음으로 손석우 작곡으로 대중가요로 만들어진 시다.

초혼

산산이 부서진 이름이여
허공중에 헤어진 이름이여
불러도 주인 없는 이름이여
부르다가 내가 죽을 이름이여

심중에 남아 있는 말 한마디는
끝끝내 마저 하지 못하였구나.

사랑하던 그 사람이여
사랑하던 그 사람이여
붉은 해가 서산 마루에 걸리었다.

사슴의 무리도 슬피 운다.
떨어져 나가 앉은 산위에서
나는 그대의 이름을 부르노라.
설움에 겹도록 부르노라.
설움에 겹도록 부르노라.

부르는 소리는 비껴가지만
하늘과 땅 사이가 너무 넓구나.
선채로 이 자리에 돌이 되어도
 부르다가 내가 죽을 이름이여

사랑하던 그 사람이여
사랑하던 그 사람이여

「엄마야 누나야」
2005.06.10 효리원

소월시 엄마야 누나야

1922년 『개벽』에 처음 발표한 작품. 발표 당시 민족의 애환을 노래한 시였으나 1964년 작곡가 김광수가 동요풍으로 작곡하고 가수 블루벨스가 불러 세상에 알려지면서 동요로 인기를 얻기 시작했다.

엄마야 누나야

엄마야 누나야 강변 살자.
뜰에는 반짝이는 금모래 빛.
뒷문 밖에는 갈잎의 노래.
엄마야 누나야 강변 살자.

「먼 후일」
1959.05.15 홍자출판사

먼 후일

1920년 잡지『학생계』에 〈먼 后日〉로 추천된 작품. 2년 후 『개벽』지에는 〈먼 後日〉로 수정되어 발표되었다. 1925년 발행된 시집 『진달내꽃』 맨 앞에는 〈먼 後日〉로 수록되어 있다.

먼 후일

먼 훗날 당신이 찾으시면
그때에 내말이 잊었노라

당신이 속으로 나무라면
무척 그리다가 잊었노라

그래도 당신이 나무라면
믿기지 않아서 잊었노라

오늘도 어제도 아니 잊고
먼 훗날 그때에 잊었노라

「못이저」
1959.02.25 성문사

소월시 못잊어

1925년 시집 『진달내꽃』에 「못니저」로 처음 수록되었다. 1959년 1월 20일 성문사에서 출간하면서 『못잊어』가 되었고 같은 해 2월 25일 재판을 출간하면서 『못이저』가 되었다. 1983년 김학송 작곡으로 가수 장은숙이 불러 세상에 알려지기 시작했다.

못잊어

못 잊어 생각이 나겠지요.
그런대로 한 세상 지내시구료
사노라면 잊힐 날 있으리다

못 잊어 생각이 나겠지요
그런 대로 세월만 가라시구려
못 잊어도 더러는 잊히오리다

그러나 또 한긋 이렇지요
그리워 살뜰히 못 잊는데
어쩌면 생각이 떠지나요?

「예전에 미처 몰랐어요」
1966.12.30 진문출판사

소월시 예전엔 미처 몰랐어요

1922년 『개벽』에 「예 前엔 밋처 몰랏어요」로 발표된 시. 1959년 범조사에서 시집으로 처음 출간되었다. 2020년, 김소월 등단 100주년 기념 시 그림집이 출판되었을 때 표제가 되었던 작품이기도 하다.

예전엔 미처 몰랐어요

봄 가을 없이 밤마다 돋는 달도
'예전엔 미처 몰랐어요.'

이렇게 사무치게 그리울 줄도
'예전엔 미처 몰랐어요.'

달이 암만 밝아도 쳐다볼 줄은
'예전엔 미처 몰랐어요.'

이제금 저 달이 설움인 줄은
'예전엔 미처 몰랐어요.'

「꿈」
1958.05.27 락원사

소월의 시에는 「꿈」이라는 제목으로 내용이 다른 두편의 시가 존재한다. 1922년 『개벽』 지에 2행과 6행의 시가 수록 되었고, 1925년 시집 『진달내꽃』에도 역시 2행과 6행이 수록 되었다. 소월 시에는 「못쓸 꿈」「꿈길」「꿈꾼 그 옛날」「꿈 자리」 등의 시가 있다.

꿈

닭 개 짐승 조차도 꿈이 있다고
이르는 말이야 있지 않은가.

그러하다. 봄날은 꿈꿀 때
내 몸에야 꿈이나 있으랴.

아아 내 세상의 끝이여.
나는 꿈이 그리워. 꿈이 그리워

「금잔디」
1958.12.25 이론사

소월시 금잔디

1922년『개벽』에 발표되어 잘 알려진 시. '남창'이라는 출판사는 약 7년간 '문창', '창문' 등으로 이름을 바꾸어 가며 무려 7권의『금잔디』시집만 출간하며『금잔디』에 대한 사랑을 보여줬다.

금잔디

잔디
잔디
금잔디
심심산천(深深山川)에 붙는 불은

가신 님 무덤가에 금잔디.
봄이 왔네, 봄빛이 왔네.
버드나무 끝에도 실가지에.
봄빛이 왔네, 봄날이 왔네.
심심 산천에도 금잔디에

「기억」
1959.01.25 문양사

기억

소월의 시에는 「기억」이라는 제목으로 두 종류의 시가 존재. 1925년 시집 『진달내꽃』과
1939년 『여성지』에 각각 제목은 같고 내용은 다르게 작품이 수록되었다. 1959년 문양사
에서 각각 두 종류의 시집으로 출간했다.

기억

달 아래 시멋 없이 섰던 그 여자.
서 있던 그 여자의 해쓱한 얼굴,
해쓱한 그 얼굴 적이 파릇함,
다시금 실 뻗듯한 가지 아래서
시커먼 머리 낄은 번쩍거리며,
다시금 하룻밤의 식는 강물을
평양(平壤)의 긴 단장은 슷고 가던 때
오오 그 시멋 없이 섰던 여자여!
그립다 그 한밤을 내게 가깝던
그대여 꿈이 깊던 그 한동안을
슬픔에 귀여움에 다시 사랑의
눈물에 우리 몸이 맡기웠던 때.
다시금 고즈넉한 성(城)밖 골목의
4월의 늦어가는 뜬눈의 밤을
한두 개 등(燈)불 빛은 울어 새던 때.
오오 그 시멋 없이 섰던 여자여!

「님과 벗에게」
1959.10.10 백인사

소월시 님과 벗

1922년 『개벽』에 발표한 시. 2007년 디자이너 이상봉이 한정판 담뱃갑 표지를 제작하며 한글 캘리그라피로 직접 이 시를 써넣은 바 있다. 1959년 백인사, 한림사, 1966년 혜명출판사, 1970년 문영각에서 시집이 출간되었다.

님과 벗

벗은 설움에서 반갑고
님은 사랑에서 좋아라.
딸기꽃 피어서 향기로운 때를

고초(苦草)의 붉은 열매 익어가는 밤을
그대여, 부르라, 나는 마시리.

「그리워」
1959.12.15 계문출판사

소월시 그리워

1920년 『창조』에 등단하며 발표한 5편 중 한 편. 그의 나이 18세. 「낭인의 봄」, 「야의 우적」, 「오과의 읍」, 「춘강」 등과 함께 발표했다. 시 제목이 대중적이라 시집 제목으로 인기가 있었을 것 같지만 1959년 계문사에서 발행한 단 한 권뿐이다.

그리워

봄이 다 가기 전,
이 꽃이 다 흩기 전
그린 님 오실까구
뜨는 해 지기 전에.

엷게 흰 안개 새에
바람은 무겁거니,
밤샌 달 지는 양자,
어제와 그리 같이,

붙일 길 없는 맘세,
그린 님 언제 뵐련,
우는 새 다음 소린,
늘 함께 들사오면.

「고적한 날」
1966.11.05 정음사

소월시 고적(孤寂)한 날

1922년 『개벽』에 발표된 시. 외로움 대신 고적이라는 어려운 한자어를 사용하였으나 의외로 1966년 정음사, 1985년 금탑출판사에서 같은 제목의 시집이 출판되었다.

고적(孤寂)한 날

당신의 편지를
받은 그날로
서러운 풍설(風說)이 돌았습니다.

물에 던져달라고 하신 그 뜻은
언제나 꿈꾸며 생각하라는
그 말씀인 줄 압니다.

흘려 쓰신 글씨나마
언문(諺文) 글자로
눈물이라고 적어 보내셨지요.

물에 던져달라고 하신 그 뜻은
뜨거운 눈물 방울방울 흘리며,
마음 곱게 읽어달라는 말씀이었지요.

「산새가 운다」
1968.12.05 글벗집

소월시 산

소월의 시에는 「산새가 운다」는 작품이 존재하지 않는다. 그러나 1922년 개벽에 발표한
「산」이라는 시에 '새도 오리나무 위에서 운다. 산새는 왜 우노, 두메산골 영(嶺) 넘어 갈려
고 그래서 울지' 라는 내용이 있다. 이를 보고 1966년 글벗집에서 제목을 고쳐 시집으로
출간했다.

산

산새도 오리나무
위에서 운다.
산새는 왜 우는 시메 산골
영 넘어 갈려고 그래서 울지

눈은 내리네 와서 덮이네
오늘도 하룻 길
칠팔십 리
돌아서서 육십 리는 가기도 했소

불귀(不歸) 불귀 다시 불귀
산수갑산에 다시 불귀
사나이 속이라 잊으련만
십 오 년 정분을 못잊겠네

산에는 오는 눈, 들에는 녹는 눈
산새도 오리나무
위에서 운다
삼수갑산 가는 길은 고개의 길

「깊고 깊은 언약」
1973.11.15 덕영문화사

소월시 깊고 깊은 언약

1923년 배재학당 재학 중 교지『배재』2호에 발표한 시. 소월은 이 시를 통해 아름다운 젊은이 앞을 지날 때 얼떨결에 생각나는 것이 '깊고 깊은 언약'이라고 했다. 1973년 덕영문화사에서 같은 제목의 시집을 출간했는데, 단 한 권뿐이다.

깊고 깊은 언약

몸쓸 꿈을 깨어 돌아누울 때.
봄이 와서 멧나물 돋아 나올 때.

아름다운 젊은이 앞을 지날 때.
잊어버렸던 듯이 저도 모르게.
얼결에 생각나는 '깊고 깊은 언약'

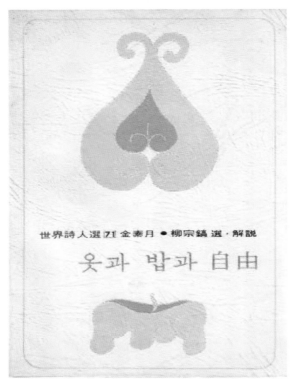

「옷과 밥과 자유」
1977.03.25 민음사

소월시 옷과 밥과 자유

1923년 1월 1일자 동아일보에 발표한 시. 소월 시로는 드물게 암울한 시대에 처해 있는 우리 민족의 고단한 현실을 표현한 작품이다. 1977년 믿음사, 2004년 문학수첩에서 각 각 시집으로 출간했다.

옷과 밥과 자유

공중에 떠다니는
저기 저 새요
네 몸에는 털 있고 깃이 있지.

밭에는 밭곡석
논에는 물베
눌하게 닉어서 수그러졌네!

초산(楚山) 지나 적유령(狄踰嶺)
넘어 선다
짐 실은 저 나귀는 너 왜 넘니?

「꿈으로 오는 한 사람」
1987.07.01 범조사

꿈으로 오는 한 사람

1925년에 출간된 『진달내꽃』에 수록된 시. 소월의 시에는 유독 '꿈'이라는 시가 많은데 그러한 이유로 1991년 학술 논문의 대상이 되기도 한 작품이다. 1994 정민사, 1987년 범조사, 2004년 문학세계에서 같은 시의 제목으로 시집이 출간되었다.

꿈으로 오는 한 사람

나이가 차지면서 가지게 되었노라
숨어 있던 한 사람이, 언제나 나의,
다시 깊은 잠 속의 꿈으로 와라
붉으렷한 얼굴에 가느다란 손가락의,
모르는 듯한 거동도 전날의 모양대로
그는 의젓이 나의 팔위에 누워라

그러나, 그래도 그러나!
말할 아무것이 다시 없는가!
그냥 먹먹할 뿐, 그대로
그는 일어나라. 닭의 홰치는 소리.
깨어서도 늘, 길거리에 사람을
밝은 대낮에 빗보고는 하노라

「나는 세상 모르고 살았노라」
1986.01.15 한미출판사

소월시 나는 세상 모르고 살았노라

1925년 시집『진달내꽃』에 수록된 시. 1978년 제1회 해변 가요제에서 배철수가 이끈 항공대 그룹사운드 활주로가 이 시를 노래로 만들어 동상을 수상했다. 1992년, 1999년 신라출판사, 1984년 문지사, 1986년 한미출판사에서 시집으로 출판되었다.

나는 세상 모르고 살았노라

〈가고 오지 못한다〉 하는 말을
철없던 내 귀로 들었노라.
만수산(萬壽山)을 나서서
옛날에 갈라선 그 내님도
오늘날 뵈올 수 있었으면

나는 세상 모르고 살았노라,
고락(苦樂)에 겨운 입술로는
같은 말도 조금 더 영리하게
말하게도 지금은 되었건만.
오히려 세상 모르고 살았으면!

〈돌아서면 무심타〉고 하는 말이
그 무슨 뜻인 줄을 알았으랴.
제석산 붙는 불은 옛날에 갈라선 그 내님의
무덤엣 풀이라도 태웠으면!

「해가 산마루에 저물어도」
1984.03.10 정음사

소월시 해가 산마루에 저물어도

1923년 『개벽』에 수록되었던 시. 1925년 시집 『진달내꽃』에 다시 수록되면서 완전히 다른 시로 변했다. 1984년 서정주 엮음으로 정음사에서 시집으로 출간했다.

해가 산마루에 저물어도

해가 산마루에 저물어도
내게 두고는 당신 때문에 저뭅니다.

해가 산마루에 올라와도
내게 두고는 당신 때문에 밝은 아침이라고 할 것입니다

땅이 꺼져도 하늘이 무너져도
내게 두고는 끝까지 모두 다 당신 때문에 있습니다.

다시는, 나의 이러한 맘 뿐은, 때가 되면,
그림자같이 당신한테로 가오리다.

오오, 나의 애인이었던 당신이여.

「님의마음」
1963.07.15 신화출판사

소월시 님의 말씀

1925년 시집『진달내꽃』에 수록되었던 시. 1969년 청문각 출판에서 소월의 시집을 다시 출판하면서 시집 이름을『님의 마음』으로 바꾸었다. 그러나 이 시집에는「님의 마음」이란 시는 나오지 않는다.

님의 말씀

세월이 물과 같이 흐른 두 달은
길어 둔 독엣 물도 찌었지마는
가면서 함께 가자 하던 말씀은
살아서 살을 맞는 표적이외다

봄풀은 봄이 되면 돋아나지만
나무는 밑그루를 꺾은 셈이라
세라면 두 죽지가 상한 셈이라
내 몸에 꽃필 날은 다시 없구나

밤마다 닭소리라 날이 첫시(時)면
당신의 넋맞이로 나가 볼 때요
그믐에 지는 달이 산에 걸리면
당신의 길신가리 차릴 때외다

세월은 물과 같이 흘러가지만
가면서 함께 가자하던 말씀은
당신을 아주 잊은 말씀이지만
죽기 전 또 못잊을 말씀이외다

「가는 길」
2003.05.29 홍익 씨엔씨

소월시 가는 길

1925년 시집 『진달내꽃』에 수록된 시. 고등학교 교과서에도 등장하며 2007년, 광화문 교보생명 빌딩 벽에 시의 일부 문구인 '앞 강물 뒷 강물 흐르는 물은 어서 따라 오라고 따라 가자고'가 걸렸다. 2003년 홍익 씨엔씨 시집으로 출판되었다.

가는 길

그립다
말을 할까
하니 그리워

그냥 갈까
그래도
다시 더 한번

저 산에도 까마귀, 들에 까마귀,
서산(西山)에는 해 진다고
지저귑니다.

앞 강물 뒷 강물
흐르는 물은
어서 따라 오라고 따라 가자고
흘러도 연달아 흐릅디다려.

「접동새」
1959.01.05 중앙출판사

접동새

숙모의 옛날 이야기를 듣고 쓴 작품. 1922년 배재학당 교지 『배재』 2호에 발표했다. 당시 제목은 '접동' 이었다. 1925년 『진달내꽃』에 다시 수록되면서 「접동새」가 되었다. 1959년 중앙출판사, 2006년 맑은 소리사에서 각각 시집으로 출판되었다.

접동새

접동
접동
아우래비 접동

진두강(津頭江) 가람가에 살던 누나는
진두강 앞마을에
와서 웁니다.

옛날 우리나라
먼 뒤쪽의
진두강 가람가에 살던 누나는
의붓어미 시샘에 죽었습니다.

누나라고 불러 보랴
오오 불설워
시샘에 몸이 죽은 우리 나라는
죽어서 접동새가 되었습니다.

아홉이나 남아 되는 오랍 동생을
죽어서도 못 잊어 차마 못 잊어
야삼경(夜三更) 남 다 자는 밤이 깊으면
이산 저 산 옮아가며 슬피 웁니다.

「님의 노래」
1966.12.30 진문출판사

소월시 님의 노래

소월 시에는 '꿈'만큼 많은 단어가 '님'에 관한 시이다. 1960년 박영사에서 처음 시집을 출간할 때 표지의 그림이 『초혼』과 같아 혼동되었다. 1966년 진문출판사. 1973년 왕문사, 문영각, 진문각, 1984 학원사 등에서 출간했다.

님의 노래

그리운 우리 님의 맑은 노래는
언제나 제 가슴에 젖어 있어요

긴 날을 문 밖에서 서서 들어도
그리운 우리 님의 고운 노래는
해 지고 저물도록 귀에 들려요
밤들고 잠들도록 귀애 들려요

고이도 흔들리는 노래 가락에
내 잠은 그만이나 깊이 들어요
고적한 잠자리에 홀로 누워도
내 잠은 포스근히 깊이 들어요

그러나 자다 깨면 님의 노래는
하나도 남김 없이 잃어버려요.
들으면 듣는 대로 님의 노래는
하나도 남김 없이 잊고 말아요

첫 치마

김소월

봄은 가나니
저문 날에,
꽃은 지나니
저문 봄에
속없이 우나니
지는 꽃을,

「**첫 치마**」
2017.07.01 사과꽃

소월시 첫 치마

1922년 『개벽』과 1925년 시집 『진달내꽃』에 수록 되었다. 이 시에 나오는 '집난이'는 시집을 간 사람을 말하는데, 출가녀(出嫁女)라는 한문이 『개벽』에는 있는데 시집 『진달내꽃』에는 없다. 2017년 사과꽃에서 처음 출판되었다.

첫 치마

봄은 가나니 저문 날에.
꽃은 지나니 저문 봄에,
속없이 우나니 지는 꽃을.
속없이 느끼나니 가는 봄을.
꽃 지고 잎 진 가지를 잡고
미친듯이 우나니, 집 난 이는
해 다 지고 저문 봄에
허리에도 감은 첫 치마를
눈물로 함빡히 쥐어짜며
속없이 우노나 지는 꽃을.
속절없이 느끼노나, 가는 봄을.

「님에게」
1971.10.30 진문출판사

님에게

1925년 시집『진달내꽃』에 수록된 시. 이 시집은 1971년 진문출판사에 의해 처음으로 출간되었다. 이 시집의 표지 모델이 여성인데 자세히 보면 외국 잡지 표지를 그대로 가져다 쓴 것으로 보인다.

님에게

한때는 많은 날을 당신 생각에
밤까지 새운 일도 없지 않지만
아직도 때마다는 당신 생각에
추거운 베갯가의 꿈은 있지만

낯모를 딴 세상의 네 길거리에
애달피 날 저무는 갓 스물이요
캄캄한 어두운 밤 들에 헤메도
당신은 잊어버린 설움이외다

당신을 생각하면 지금이라도
비 오는 모래밭에 오는 눈물의
추거운 베갯가의 꿈은 있지만
당신은 잊어버린 설움이외다

「사랑」
1970.09.30 정문출판사

소월시 첫 사랑

1970년 정문 출판사에서 발간한 시집. 하드커버로 제본을 한 양장본 시집이다. 사랑을 노래한 소월이지만 '사랑'이 제목인 작품이 한 편도 없다. 단지 있다면 첫사랑 오순이와의 추억을 노래했다고 전해지는 이 「첫사랑」이란 시가 있을 뿐이다.

62

첫 사랑

아까부터 노을은 오고 있었다.
내가 만약 달이 된다면
지금 그 사람의 창가에도
아마 몇 줄기는 내려지겠지

사랑하기 위하여
서로를 사랑하기 위하여
숲속의 외딴집 하나
거기 초록빛 위 구구구
비둘기 산다

이제 막 장미가 시들고
다시 무슨 꽃이 피려한다.

아까부터 노을은 오고 있었다.
산 너머 갈매 하늘이
호수에 가득 담기고
아까부터 노을은 오고 있었다.

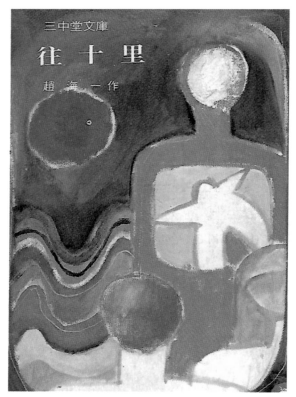

「왕십리」
1973.10.05 삼중당

소월시 왕십리

소월과 관련 없는 동네를 노래한 작품. 서울 성동구 왕십리. 소월이 이곳에서 배재학당까지
통학을 했다고 전해지나 사실이 아니다. 그러나 소월 시비와 동상도 세우고 '소월 아트홀'
까지 마련한 고마운 동네다. 시집은 없고 소설 「왕십리」가 있다.

왕십리

비가 온다
오누나
오는 비는
올지라도 한 닷새 왔으면 좋지.

여드레 스무날엔
온다고 하고
초하루 삭망(朔望)이면 간다고 했지.
가도 가도 왕십리 비가 오네.

웬걸, 저 새야
울라거든
왕십리(往十里) 건너가서 울어나다고.
비 맞아 나른해서 벌새가 운다.

천안(天安)에 삼거리 실버들도
촉촉이 젖어서 늘어졌다데.
비가와도 한 닷새 왔으면 좋지.
구름도 산마루에 걸려서 운다.

유주용 「부모」
1989 지구레코드
소월시 「부모」를 노래로 만들어 세상에 알린 가수

소월시 부모

소월의 시 중 가장 많은 가수들이 노래로 부른 작품. 이 시는 1969년 서영은이 작곡하고 유주용이 불러 세상에 알려졌다. 해마다 어버이날이면 불려지는데, 특이하게도 시 제목을 딴 시집이 단 한 권도 없다.

부모

낙엽이 우수수 떨어질 때,
겨울의 기나긴 밤,
어머님하고 둘이 앉아
옛이야기 들어라.

너는 어쩌면 생겨나와
이 이야기 듣는가?
묻지도 말아라, 내일 날에
내가 부모 되어서 알아보랴?

정미조 「개여울」
1972 아시아레코드
소월 시 「개여울」을 불러 명곡으로 만든 가수

소월시 개여울

1922년 『개벽』에 처음 발표되었던 시. 1960년대 이희목이 작곡하여 신인 가수 김정희가
불렀지만 빛을 보지 못했다. 1972년 정미조가 다시 불러 히트하며 명곡이 되었다. 그러나
아직도 단 한 권의 시집이 없다.

개여울

당신은 무슨 일로
그리합니까?
홀로이 개여울에 주저앉아서

파릇한 풀포기가
돋아 나오고
잔물이 봄바람에 헤적일 때에

가도 아주 가지는
않노라시던
그러한 약속이 있었겠지요

날마다 개여울에
나와 앉아서
하염없이 무엇을 생각 합니다

가도 아주 가지는
않노라 심은
굳이 잊지 말라는 부탁인지요

「나무리벌 노래」
2020.04.20 글도

소월시 나무리벌 노래

'나무리'는 황해도 재령에 있는 고을의 지명. 원래 농토가 비옥한 땅이었으나 토지 조사라는 미명 아래 일본에게 빼앗기고 말았다. 분노한 소월은 이 시를 써 1924년 1월 30일 동아일보에 투고했다.

나무리벌 노래

신재령(新載寧)에도 나무리벌
물도 많고
땅 좋은 곳
만주 봉천은 못 살 고장

왜 왔느냐
왜 왔느냐
자곡자곡이 피땀이라
고향산천이 어디메냐

황해도
신재령
나무리벌
두 몸이 김매며 살았지요
올벼 논에 다은 물은
출렁출렁
벼 자랐나
신재령에도 나무리벌

눈물이 쉬루르 흘러납니다

「소월시초」
1939.12.30 박문서관

소월시 흘러가는 물이라 맘이 물이면

1926년 『조선문단』17호에 수록된 작품. 이때는 김소월이 구성군에서 동아일보 지국을 개설하여 경영을 시작하고 차남까지 태어나 벌써 네 아이의 아빠가 되었던 해다. 여러모로 세상의 쓴맛을 소월은 느끼기 시작한 듯하다.

흘러가는 물이라 맘이 물이면

옛날에 곱던 그대 나를 향하여
귀여운 그 잘못을 이르려느냐
모두 다 지워 묻은 나의 지금은
그대를 불신(不信) 만전 다 잊었노라.
흘러가는 물이라 맘이 물이면
당연히 이미 잊고 버렸을러라.
그러나 그 당시에 나는 얼마나
앉았다 일어섰다 설워 울었노
그 연갑年甲의 젊은이 길에 어려도
뜬눈으로 새벽을 잠에 달려도
남들은 좋은 운수 가끔 볼 때도
얼없이 오다 가다 멈칫 섰어도,
자네의 차부 없는 복도 빌며
덧없는 삶이라 쓴 세상이라
슬퍼도 하였지만 맘이 물이라
저절로 차츰 잊고 말았었노라.

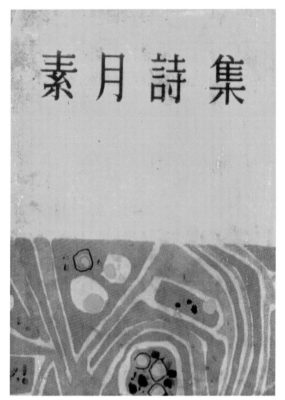

「소월시집」
1955.10.15 정음사

소월시 만나려는 심사

1968년 작곡가 서영은이 곡을 붙이고 강명춘이 부른 소월 시. 1980년 김용욱 작곡으로
가수 전영록이 다시 부른 바 있으나 제목 「만나려는 심사」를 입맛에 맞게 「만나려는 마음」
으로 고치고 '잃어진'을 '잊혀진'으로 고치는 등 시를 많이 변형하고 있다.

만나려는 심사

저녁 해는 지고서 어스름의 길,
저 먼 산엔 어두워 잃어진 구름,
만나려는 심사는 웬 셈일까요,
그 사람이야 올 길 바이없는데,
발길은 누구 마중을 가잔 말이냐,
하늘엔 달 오르며 우는 기러기.

「소월 시선」
1957.12.10 여원사

소월시 이불

1978년 『문학사상』에서 발굴한 미발표 작품 8편 중 하나. 원제목은 「니불」이며 '푸른 넌출'은 푸른 넝쿨, '그대 연(緣)하여'는 그대와 인연이 된다는 의미를 가지고 있다.

이불

구림의 긴 머릿결, 향그런 이불,
펴놓나니 오늘 밤도 그대 연(緣)하여
푸른 넌출 눈앞에 벋어 자는 이 이불,
송이송이 흰 구슬이 그대 연하여
피어나는 불꽃에 뚫어지는 이 이불,
서러워라 밤마다 밤마다 그대 연하여
그리운 잠자리요, 향기 젖은 이불.

「소월시선」
1982.11.15 혜림출판사

소월시 장별리(將別里)

평양시 중구역 서문동 지역이름. 「개여울」, 「고적한 날」 등과 함께 1922년 7월 『개벽』 25
호에 발표된 작품으로 김소월 시의 주된 주제인 이별의 정한을 드러내고 있다.

장별리(將別里)

연분홍 저고리, 빨간 불붙은
평양에도 이름 높은 장별리
금실 은실의 가는 비는
비스듬히도 내리네 뿌리네.

털털한 배암무늬 돋은 양산(洋傘)에
나리는 가는 비는
위에나 아래나 나리네, 뿌리네.

흐르는 대동강, 한복판에
울며 돌던 벌새의 떼무리,
당신과 이별하던 한복판에
비는 쉴틈도 없이 나리네, 뿌리네.

「원본 소월시집」
1959.02.10 이론사

소월시 제비

1922년 1월 『개벽』19호에 발표된 작품. 김소월의 작품 중에서도 행과 연의 구분이 없는 짧은 시 중 하나로 다른 내용의 동일한 제목 「제비」시가 존재한다. '오늘 아침 먼동 틀 때'로 시작하는 또 다른 「제비」는 가곡으로도 만들어진 바 있다.

제비

하늘로 날아다니는 제비의 몸으로도
일정한 깃을 두고 돌아오거든!
어찌 섧지 않으랴, 집도 없는 몸이야!

「소월시집」
1961.05.05 양문사

소월시 밤

1922년 2월 『개벽』 20호에 발표한 작품. 김소월의 시에서 몇 안되는 지명이 등장하는 작품으로 가수 오일이 곡을 붙여 만들어진 노래가 2016년 발매된 김소월 노래 모음집에 실려있다.

밤

홀로 잠들기가 참말 외로와요
맘에는 사무치도록 그리워와요
이리도 무던히
아주 얼굴조차 잊힐 듯해요.

벌써 해가 지고 어두운데요,
이곳은 인천에 제물포, 이름난 곳,
부슬부슬 오는 비에 밤이 더디고
바다바람이 춥기만 합니다.

다만 고요히 누워 들으면
다만 고요히 누워 들으면
하이얗게 밀려드는 봄 밀물이
눈앞을 가로막고 흐느낄 뿐이야요.

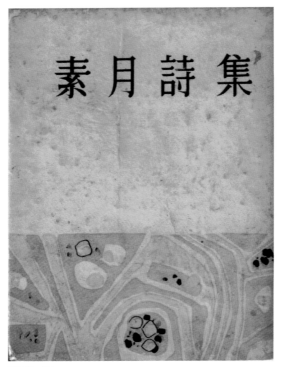

「소월시집」
1962.05.15 정음사

소월시 강촌(江村)

1922년 『개벽』에 발표 당시 10행 부분의 원문이 '만년 궁짜 나는'(한 평생 가난에 찌들어 살아가는)이었던 것으로 추측할 때 당시 딸 둘의 가장으로 자신의 생활고를 힘들어한 소월의 마음이 드러난다.

강촌(江村)

날 저물고 돋는 달에
흰 물은 쏼쏼……
금모래 반짝…….
청(靑)노새 몰고 가는 낭군(郞君)!
여기는 강촌(江村)
강촌에 내 몸은 홀로 사네.
말하자면, 나도 나도
늦은 봄 오늘이 다 진(盡)토록
백년처권(百年妻眷)을 울고 가네.
길쎄 저문 나는 선비,
당신은 강촌에 홀로된 몸.

「소월 시집」
1967.11.20 일종각

소월시 오시는 눈

1923년 『배재』 2호에 실린 작품으로 1925년 『진달내꼿』에 수록된 작품. 『진달내꼿』 발간 당시 목차에는 「오시의 눈」으로 잘못 표기되고 본문 작품 제목은 「오시는 눈」으로 표기되기도 했다.

오시는 눈

땅 위에 새하얗게 오시는 눈,
기다리는 날에는 오시는 눈,
오늘도 저 안 온 날 오시는 눈,
저녁불 켤 때마다 오시는 눈,

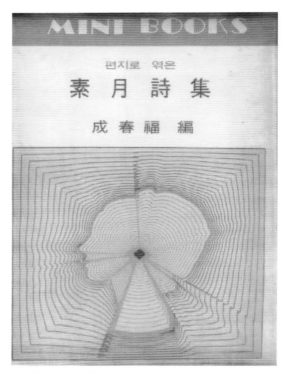

「편지로 엮은 소월시집」
1969.05.20 국민서관

소월시 비단 안개

1923년 『배재』 2호에 실린 작품. 이 해 김소월이 배재고등보통학교 졸업 후 일본 유학길에 오르기 전 투고한 것으로 보인다. '눈 풀리는'은 얼었던 눈이 녹는다는 의미이며 '당치마'는 여성들이 입던 '당의'를 말한다.

비단 안개

눈들이 비단 안개에 둘리울 때,
그때는 차마 잊지 못할 때더라.
만나서 울던 때도 그런 날이오,
그리워 미친 날도 그런 때더라.

눈들이 비단 안개에 둘리울 때,
그때는 홀목숨은 못살 때더라.
눈 풀리는 가지에 당치맛귀로
젊은 계집 목매고 달릴 때더라.

눈들이 비단 안개에 둘리울 때,
그때는 종달새 솟을 때러라.
들에랴, 바다에랴, 하늘에서랴,
알지 못할 무엇에 취할 때더라.

눈들이 비단안개에 둘리울 때,
그때는 차마 잊지 못할 때더라,
첫사랑이 있던 때도 그런 날이오
영 이별 있던 날도 그런 때더라.

「영원한 소월의 명시」
1969.06.25 한림출판사

소월시 옛이야기

김소월 시를 최초 작곡한 손석우가 곡을 붙이고 한명숙이 노래한 소월 시. 같은 시에 작곡가 서영은이 곡을 붙여 1968년 이시스터즈가 다시 한번 부르기도 했다. 1923년 『개벽』 발표 당시 제목은 「넷이약이」였다.

옛이야기

고요하고 어두운 밤이 오며는
어스레한 등불에 밤이 오며는
외로움에 아픔에 다만 혼자서
하염없는 눈물에 저는 웁니다

제 한 몸도 예전엔 눈물 모르고
조그마한 세상을 보냈습니다
그때는 지난날의 옛이야기도
아무 설움 모르고 외웠습니다

그런데 우리 님이 가신 뒤에는
아주 저를 버리고 가신 뒤에는
전날에 제게 있던 모든 것들이
가지가지 없어지고 말았습니다

그러나 그 한때에 외워두었던
옛이야기 뿐만은 남았습니다
나날이 짙어가는 옛이야기는
부질없이 제 몸을 울려줍니다

「소월선집」
1970.12.13 장문각

생(生)과 사(死)

1924년 『영대』 3호에 발표된 작품. 이때 김소월은 고향에 내려와 조부의 광산일을 도왔다. 가세가 기울자 처가가 있는 구성군으로 이사하고 장남이 출생하는 등 소월에게 많은 일들이 있던 해이다.

생(生)과 사(死)

살았대나 죽었대나 같은 말을 가지고
사람은 살아서 늙어서야 죽나니,
그러하면 그 역시 그럴 듯도 한 일을,
하필코 내 몸이라 그 무엇이 어째서
오늘도 산마루에 올라서서 우느냐.

「김소월 시집」
1972.02.01 현대시학사

남의 나라 땅

1925년 1월 1일자 동아일보에 실린 작품. 같은 해 시집「진달내꽃」에도 수록되었다. 소월시 중에서 길이가 가장 짧은 시 중 하나로 2행짜리 시「꿈」이 제일 짧고 글자 수로는 소월의「만리성」이라는 작품이 20글자로 제일 적다.

남의 나라 땅

돌아다 보이는 무쇠다
얼결에 띄워 건너서서
숨 고르고 발 놓는 남의 나라 땅

「소월 시집」
1972.05.12 서정출판사

소월시 새벽

1922년 『개벽』 20호에 실린 작품. '발이 숨는'은 낙엽에 발이 묻혀서 숨는 것처럼 되는 표현을 의미하고 '물 질러 와라'에서 '질리다'는 짙은 색깔이 한데 몰려 퍼지지 않는다는 의미로 해석할 수 있다.

새벽

낙엽이 발이 숨는 못물가에
우뚝우뚝한 나무 그림자
물빛조차 어슴프러이 떠오르는데.
나 혼자 섰노라, 아직도 아직도
동녘 하늘은 어두운가.
천인(天人)에도 사랑 눈물, 구름 되어,
외로운 꿈의 베개 흐렸는가
나의 님이여, 그러나 그러나
고이도 불그스레 물질러 와라
하늘 밟고 저녁에 섰는 구름.
반달은 중천에 지새일 때.

「김소월 미발표 유고시집」
1977.11.01 문학사상

소월시 무신(無信)

1925년 『영대』 5호에 발표된 작품. 『영대』는 평안도 출신의 문인들이 주축이 되어 1924년 8월에 창간된 문학동인지였으나 소월의 이 작품이 실린 5호를 끝으로 폐간되었다. 김소월, 김동인, 김억, 주요한 등이 영대 동인이었다.

무신(無信)

그대가 돌이켜 물을 줄도 내가 아노라,
무엇이 무신(無信)함이 있더냐? 하고,
그러나 무엇하랴 오늘날은
야속히도 당장에 우리 눈으로
볼 수 없는 그것을, 물과 같이
흘러가서 없어진 맘이라고 하면.

검은 구름은 메기슭에서 어정거리며,
애처롭게도 우는 산의 사슴이
내 품에 속속들이 붙안기는 듯.
그러나 밀물도 쎄이고 밤은 어두워
닻 주었던 자리는 알 길이 없어라.
시정(市井)의 흥정 일은
외상(外上)으로 주고받기도 하건마는.

「김소월 시집」
1987.06.10 민중서각

소월시 지연(紙鳶)

『문명』 1호에 실린 작품. 『문명(文明)』은 특이하게도 1925년 창간된 과학잡지였는데 이 창간호에 김소월의 시가 실린 것이다. 과학과 인문을 아우르려는 의도에서 시작된 것인데 거기에 김소월의 작품이 실리니 설득력 있어 보인다.

지연(紙鳶)

오후의 네 길거리 해가 들었다.
시정(市井)의 첫겨울의 적막함이여
우둑히 문어귀에 혼자 섰으면,
흰 눈의 잎사귀, 지연(紙鳶)이 뜬다.

「김소월 시집」
1979.11.20 일종각

소월시 바라건대는 우리에게 우리의 보습 대일 땅이 있었더라면

시집 『진달내꽃』에 수록된 작품. 이별의 한이나 그리움을 주로 쓰는 소월이 드물게 땅을 빼앗긴 슬픔을 노래한 작품으로 1923년 일본 유학을 떠났다가 관동대지진으로 귀국한 이후 당시 일제의 토지 수탈정책을 비판한 내용이다.

바라건대는 우리에게
우리의 보습 대일 땅이 있었더라면

나는 꿈꾸었노라, 동무들과 내가 가지런히
벌 가의 하루 일을 다 마치고
석양에 마을로 돌아오는 꿈을
즐거이, 꿈 가운데.

그러나 집 잃은 내 몸이여
바라건대는 우리에게 우리의 보습 대일 땅이 있었더면!
이처럼 떠돌으랴, 아침에 저물손에
새라 새로운 탄식을 얻으면서.

동이랴, 남북이랴,
내 몸은 떠가나니, 볼지어다
희망의 반짝임은 별빛의 아득임은
물결뿐 떠올라라, 가슴에 팔 다리에.

그러나 어쩌면 황송한 이 심정을!
날로 나날이 내 앞에는
자칫 가느른 길이 이어가라
나는 나아가리라
한 걸음, 또 한 걸음

보이는 산비탈엔 온 새벽 동무들
저 저 혼자…… 산경(山耕)을 김매는.

「김소월 시집」
1989.07.30 삼원출판사

풀따기

1920년 이미 등단한 김소월이 이 작품을 1921년 4월 동아일보 독자문단에도 싣고 이듬
해 1922년『개벽』26호에도 수록한 특이한 이력이 있다. 소월 시의 특징인 리듬감, 운율
감을 잘 드러내고 있는 작품이다.

풀따기

우리 집 뒷산에는 풀이 푸르고
숲 사이의 시냇물, 모래 바닥은
파아란 풀 그림자, 떠서 흘러요

그리운 우리 님은 어디 계신고.
날마다 피어나는 우리 님 생각.
날마다 뒷산에 홀로 앉아서
날마다 풀을 따서 물에 던져요.

흘러가는 시내의 물에 흘러서
내어던진 풀잎은 옅게 떠갈 제
물살이 해적해적 풀을 헤쳐요.

그리운 우리 님은 어디 계신고
가여운 이 내 속을 둘 곳 없어서
날마다 풀을 따서 물에 던지고
흘러가는 잎이나 말해 보아요.

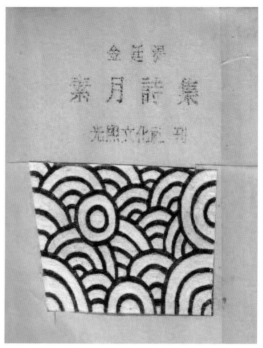

「소월시집」
1974.09.15 광희문화사

바다

1922년 『개벽』 26호에 수록된 작품. '고기잡이꾼들이 배 위에 앉아 사랑노래 부르는 바다', '남빛 하늘에 저녁놀 스러지는 바다'처럼 평범함이 없는 삶, '가고 싶은 그리운 바다'는 어디인가 하는 시인의 물음에서 내 나라의 바다를 되찾고 싶어 하는 마음이 엿보인다.

바다

뛰노는 흰 물결이 일고 또 잦는
붉은 풀이 자라는 바다는 어디

고기잡이꾼들이 배 위에 앉아
사랑 노래 부르는 바다는 어디

파랗게 좋이 물든 남(藍)빛 하늘에
저녁놀 스러지는 바다는 어디

곳 없이 떠다니는 늙은 물새가
떼를 지어 좇니는 바다는 어디

건너서서 저편은 딴 나라이라
가고 싶은 그리운 바다는 어디

「영원한 소월의 명시」
1974.10.31 왕학사

1921년 4월 동아일보 독자문단에 수록된 작품. 당시 제목은 「그 山우에」였다. 1961년 손석우 작곡으로 블루벨즈가 노래했던 작품이기도 하다. 2연의 '안득이다'는 어른거리다, '솔곳이'는 솔깃하다의 비표준어이다.

산 위에

산(山) 위에 올라서서 바라다보면
가로막힌 바다를 마주 건너서
님 계시는 마을이 내 눈앞으로
꿈 하늘 하늘같이 떠오릅니다

흰 모래 모래 비낀 선창(船倉)가에는
한가한 뱃노래가 멀리 잦으며
날 저물고 안개는 깊이 덮여서
흩어지는 물꽃뿐 안득입니다

이윽고 밤 어두운 물새가 울면
물결조차 하나 둘 배는 떠나서
저 멀리 한바다로 아주 바다로
마치 가랑잎같이 떠나갑니다

나는 혼자 산에서 밤을 새우고
아침 해 붉은 볕에 몸을 씻으며
귀 기울고 솔곳이 엿듣노라면
님 계신 창아래로 가는 물노래

흔들어 깨우치는 물노래에는
내 님이 놀라 일어 찾으신대도
내 몸은 산 위에서 그 산위에서
고이 깊이 잠들어 다 모릅니다

「증보판 소월시집」
1975.12.05 샘터사

『진달내꽃』에는 「失題」라는 제목으로 1장과 5장에 각각 내용이 다른 시가 두 편 있다.
1925년 4월 『조선문단』 7호에 수록된 것과 같은 해 7월 동아일보에 실린 작품이다.
시집 『진달내꽃』에 수록된 제목은 동일하지만 동아일보 발표 당시의 제목은 「서로 믿음」
이었다.

실제 1

동무들 보십시오 해가 집니다
해지고 오늘날은 가노랍니다
윗옷을 잽시빨리 입으십시오
우리도 산마루로 올라갑시다

동무들 보십시오 해가 집니다
세상의 모든 것은 빛이 납니다
이제는 주춤주춤 어둡습니다
에서 더 저문 때를 밤이랍니다

동무들 보십시오 밤이 옵니다
박쥐가 발부리에 일어납니다
두 눈을 인제 그만 감으십시오
우리도 골짜기로 내려갑시다

「밧고랑우헤서」
1986.11.25 교문사

밭고랑 위에서

이 시는 1924년 『영대』 3호에 발표하고, 1925년 시집 『진달내꽃』에 다시 수록했다. 발표 당시 제목은 「밧고랑 우헤서」이다. 밭에서 일을 하다가 잠시 쉬는 두 사람의 모습이 마치 밀레의 그림 '저녁 종'을 연상케 하고 있다.

114

밭고랑 위에서

우리 두 사람은
키 높이 자란 보리밭, 밭고랑 우에 앉았어라.
일을 필하고 쉬이는 동안의 기쁨이여.
지금 두 사람의 이야기에는 꽃이 필 때.

오옹 빛나는 태양은 나려쪼이며
새 무리들도 즐거운 노래, 노래 불러라.
오오 은혜여, 살아 있는 몸에는 넘치는 은혜여.
모든 은근스러움이 우리의 맘속을 차지하여라.

세계의 끝은 어디? 자애의 하늘은 넓게도 덮였는데.
무리 두 사람은 일하며, 살아 있어서,
하늘과 태양을 바라보아라, 날마다 날마다도,
새라 새로운 환희를 지어내며, 늘 같은 땅 우에서,

다시 한 번 활기 있게 웃고 나서, 우리 두 사람은
바람에 일리우는 보리밭 속으로
호미 들고 들어갔어라, 가즈란히 가즈란히,
걸어 나아가는 기쁨이여, 오오 생명의 향상이여.

「소월 시전집」
1977.08.25 성공문화사

소월시 마른 강 두덕에서

『진달내꽃』에 수록된 작품. 소월은 강도 좋아하고 갈대도 좋아한 듯하다. 시 「엄마야 누나
야」에서도 '강변살자', '갈잎의 노래'가 등장하는데 이 시에서도 '강물의 자취', '갈숲'이 등
장한다.

마른 강 두덕에서

서리맞은 잎들만 쌔울지라도
그 밑에야 강물의 자취 아니랴
잎새 위에 밤마다 우는 달빛이
흘러가던 강물의 자취 아니랴

빨래 소리 물소리 선녀(仙女)의 노래
물 스치던 돌 위엔 물때뿐이라
물때 묻은 조약돌 마른 갈숲이
이제라고 강물의 터야 아니랴

빨래 소리 물소리 선녀의 노래
물 스치던 돌 위엔 물때 뿐이라

「영원한 소월의 명시」
1977.11.05 혜원출판사

소월시 봄밤

1922년 『개벽』 22호에 수록된 작품. 김소월의 시에서 '봄'이 들어가는 시와 '밤'이 들어가는 시가 각 10여 편 정도 되는데 이 작품에는 그 두 가지가 모두 들어갔다. '술집의 창 옆에' '봄이 앉았지 않는가'는 매우 현대적인 시적 표현이다.

봄밤

실버드나무의 거무스레한 머리결인 낡은 가지에
제비의 넓은 깃나래 의 감색(紺色) 치마에
술집의 창(窓) 옆에, 보아라, 봄이 앉았지 않는가.

소리도 없이 바람은 불며, 울며, 한숨지워라
아무런 줄도 없이 섧고 그리운 새카한 봄밤
보드라운 습기(濕氣)는 떠돌며 땅을 덮어라.

신앙처럼, 기도처럼 절규한 소월의 숨결

소월 詩集

이 영 희 편

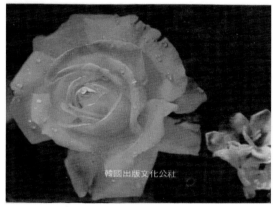

「소월 시집」
1984.10.20 한국출판문화공사

韓國出版文化公社

소월시 꿈 꾼 그 옛날

1922년 『개벽』 20호에 수록된 작품. 우연하게도 『개벽』 20호에 함께 발표한 작품들이 「밤」, 「새벽」등의 제목인데 「꿈꾼 그 옛날」에도 달빛, 새벽 등의 시간이 등장하고 있다. 모두 꿈 속의 사랑을 만나기 좋은 때다.

꿈 꾼 그 옛날

밖에는 눈, 눈이 와라
고요히 창 아래로는 달빛이 들어가
어스름 타고서 오신 여자는
내 꿈의 품속으로 들어와 안겨라

나의 베개는 눈물로 함빡히 젖었어라
그만 그 여자는 가고 말았느냐
다만 고요한 새벽, 별 그림자 하나가
창틈을 엿보아라

「김소월 시집」
1984.12.30 범우사

소월시 자주 구름

1925년 시집 『진달내꽃』에 수록된 작품. 1행의 '물'은 물(水)이 아니라 어떤 물건 따위에 묻어 드러나는 색깔을 의미한다. 색깔 고운 자주 구름과 밤에 몰래 내린 눈의 하얀 색깔을 시각적으로 대비시키고 있다.

자주 구름

물 고운 자주(紫朱) 구름,
하늘은 개여 오네.
밤중에 몰래 온 눈
솔숲에 꽃피었네.

아침볕 빛나는데
알알이 뛰노는 눈

밤새에 지난 일은……
다 잊고 바라보네

움직거리는 자주 구름

「김소월시전집」
1980.11.20 일종각

두 사람

1925년 시집 『진달내꽃』에 수록된 작품. 30년 후인 1955년 2월 『김소월시전집』이 출간된 바 있는데 소월의 이본(異本)시집 중 북한 조선작가동맹출판사에서 출판한 유일한 시집이기도 하다.

두 사람

흰 눈은 한 잎
또 한 잎
영(嶺)기슭을 덮을 때.
짚신에 감발하고 길삼 매고
우뚝 일어나면서 돌아서도……
다시금 또 보이는,
다시금 또 보이는.

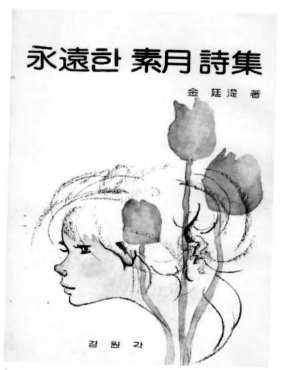

「영원한 소월 시집」
1980.11.30 경원각

소월시 맘 켕기는 날

1925년 시집 『진달내꽃』에 수록된 작품. 시인 김소월은 시집이 출판되기 전 1920년 『학생계』 10월호에 단편소설 「춘조」를, 1922년 『개벽』 10월호에 단편소설 「함박눈」을 발표하기도 한 이력이 있다.

맘 켕기는 날

오실 날
아니 오시는 사람!
오시는 것 같게도
맘 켕기는 날!
어느덧 해도 지고 날이 저무네!

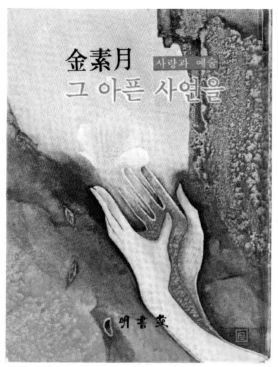

「김소월, 그 아픈 사연을」
1982.05.31 명서원

잊었던 맘

1922년 『개벽』 26호에 수록된 작품. 1922년은 김소월이 오산학교에서 배재고등보통학교로 편입한 해였다. 서영은 작곡집 『가요로 듣는 소월 시집, 못잊어』 A면에 최희준이 부른 소월 시 「잊었던 맘」이 수록되어 있다.

잊었던 맘

집을 떠나 먼 저 곳에
외로이도 다니던 내 심사를!
바람 불어 봄꽃이 필 때에는
어찌타 그대는 또 왔는가.
저도 잊고 나서 저 모르던 그대
어찌하여 옛날의 꿈조차 함께 오는가.
쓸데도 없이 서럽게만 오고가는 맘.

「소월시 목판화집」
1982.10.30 열화당

소월시 눈물이 쉬루르 흘러납니다

1923년 『개벽』 35호에 「思慾絶」이라는 표제로 수록된 작품. 총 9행의 시행 중에서 4행 가량이 '눈물이 수루르 흘러납니다'로 이루어져 있는 것을 보아도 시인의 슬픔이 얼마나 깊은지, 님을 향한 그리움이 얼마나 사무치는지 알 수 있다.

눈물이 쉬루르 흘러납니다

눈물이 수루르 흘러납니다.
당신이 하도 못 잊게 그리워서
그리 눈물이 수루르 흘러납니다.

잊히지도 않는 그 사람은
아주나 내버린 것이 아닌데도,
눈물이 수루르 흘러납니다.

가뜩이나 설운 맘이
떠나지 못할 운(運)에 떠난 것도 같아서
생각하면 눈물이 수루르 흘러납니다.

「김소월」
1983.12.05 지식산업사

소월시 설움의 덩이

초닷새, 5일. 누군가에게 향을 올리며 제사를 지내는 듯하다. 어린 시절 일본인에게 맞아
정신병을 앓은 탓에 소월을 돌보지 못한 아버지일까, 소월을 자식처럼 귀하게 돌봐준 할아
버지일까. 아버지의 부재가 그에게 큰 설움의 덩이를 얹었던 듯하다.

설움의 덩이

꿇어앉아 올리는 향로(香爐)의 향불.
내 가슴에 저그만 설움의 덩이.
초닷새 달 그늘에 빗물이 운다.
내 가슴에 조그만 설움의 덩이.

PART
3

바다가 변하여
뽕나무밭 된다고

「김소월 서정시선」
1952.04.01 창조사

1920년대 초 김소월의 시에서 봄비는 자기 주체성을 상실한 '비애'를 상징한다는 연구 결과가 있다. 소월은 이 시에서 얼굴의 방언인 '어룰'이 없다고 하고 마지막 행에서는 내 몸은 꽃자리에 '주저앉아 우노라'고 하며 비애를 잘 드러내고 있다.

봄비

어룰 없이 지는 꽃은 가는 봄인데
어룰 없이 오는 비에 봄은 울어라.
서럽다 이 나의 가슴속에는!
보라, 높은 구름 나무의 푸릇한 가지.
그러나 해 늦으니 어스름인가.
애달피 고운 비는 그어 오지만
내 몸은 꽃자리에 주저앉아 우노라.

「정본 소월시감상」
1958.12.10 박영사

소월시 애모(愛慕)

1925년 시집 『진달내꽃』에 수록된 작품. 이 작품에서는 꿈과 유사한 이미지인 '잠'을 활용하여 님과의 만남을 지향하는 시적 화자가 등장한다. 하지만 '왜 아니 오시나요'하며 소극적인 기다림만을 나타내는 작품이다.

애모(愛慕)

왜 아니 오시나요.
영창(映窓)에는 달빛, 매화꽃이
그림자는 산란히 휘젓는데.
아이. 눈 꽉 감고 요대로 잠을 들자

저 멀리 들리는 것!
봄철의 밀물 소리
물나라의 영롱한 구중궁궐, 궁궐의 오요한 곳,
잠 못 드는 용녀(龍女)의 춤과 노래, 봄철의 밀물 소리.

어두운 가슴속의 구석구석……
환연한 거울 속에, 봄구름 잠긴 곳에,
소슬비 나리며, 달무리 둘려라.
이대로록 왜 아니 오시나요. 왜 아니 오시나요.

「소월시감상」

1958.12.01 이론사

그를 꿈꾼 밤

소월의 작품에는 밤, 잠, 꿈의 시어들이 자주 등장한다. 김소월의 시에서 꿈이라는 공간은
현실에서는 불가능한 모든 소망을 이룰 수 있는 통로다. 꿈속에서는 욕망도 소유도 자유다.
그러나 꿈은 영원할 수 없기에 꿈에서 깬 소월은 더욱 허무함을 느꼈을 것이다.

그를 꿈꾼 밤

야밤중, 불빛이 발갛게
어렴풋이 보여라.

들리는 듯, 마는 듯,
발자국 소리.
스러져 가는 발자국 소리.

아무리 혼자 누워 몸을 뒤쳐도
잃어버린 잠은 다시 안 와라.

야밤중, 불빛이 발갛게
어렴풋이 보여라.

「원본전재 소월시감상」
1959.02.01 이론사

여자의 냄새

김소월은 말년에 술과 여자에 빠져 식솔들을 돌보지 못하는 무능하고 비정한 가장으로 기록된다. 1934년 발표한 시 「제이 엠 에스」에 소월은 자신을 "술과 계집과 利慾에 헝클어" 졌다고 표현하기도 한다.

여자의 냄새

푸른 구름의 옷 입은 달의 냄새.
붉은 구름의 옷 입은 해의 냄새.
아니, 땀 냄새, 때 묻은 냄새,
비에 맞아 추거운 살과 옷 냄새.

푸른 바다…… 어즐이는 배……
보드라운 그리운 어떤 목숨의
조그마한 푸릇한 그무러진 영(靈)
어우러져 비끼는 살의 아우성……

다시는 장사(葬事) 지나간 숲속의 냄새.
유령(幽靈) 실은 널뛰는 뱃간의 냄새.
생고기의 바다의 냄새.
늦은 봄의 하늘을 떠도는 냄새.

모래 둔덕 바람은 그물 안개를 불고
먼 거리의 불빛은 달 저녁을 울어라.
냄새 많은 그 몸이 좋습니다.
냄새 많은 그 몸이 좋습니다.

「소월의 밀어」
1959.06.01 신태양사

소월시 가을 아침에

1958년 11월, 전봉건이 엮어 성문학사와 현대시협회에서 발행한 『소월시화첩』은 207쪽 가량으로 소월 시에 그림을 그려 넣은 첫 시화집으로 기록된다.

가을 아침에

어둑한 퍼스레한 하늘 아래서
회색의 지붕들은 번쩍거리며
성깃한 섶나무의 드문 수풀을
바람은 오다가다 울며 만날 때,
보일락 말락하는 멧골에서는
안개가 어스러이 흘러 쌓여라.

아아 이는 찬비 온 새벽이러라.
냇물도 잎새 아래 얼어붙누나.
눈물에 쎄여 오는 모든 기억은
피 흘린 상처조차 아직 새로운
가주 난 아이같이 울며 서두는
내 영(靈)을 에워싸고 속살거려라.

'그대의 가슴속이 가비엽던 날
그리운 그 한 때는 언제였었노!'
아아 어루만지는 고운 그 소리
쓰라린 가슴속에서 속살거리는,
미움도 부끄럼도 잊은 소리에,
끝없이 하염없이 나는 울어라.

「신판 소월시감상」
1959.06.25 교양사

소월시 가을 저녁에

1925년 시집 『진달내꽃』에 수록된 시. 이별한 님을 가을 저녁 호숫가에 서서 기다려 본다. '그립다'는 말을 못하지만, 쓸쓸하고 외로운 감정을 잘 나타냈다. 소월은 이렇듯 외로운 날이 많았다. 그래서 시인이 되었는지도 모르겠다.

가을 저녁에

물은 희고 길구나, 하늘보다도.
구름은 붉구나, 해보다도.
서럽다, 높아 가는 긴 들 끝에
나는 떠돌며 울며 생각한다, 그대를.

그늘 깊어 오르는 발 앞으로
끝없이 나아가는 길은 앞으로.
키 높은 나무 아래로, 물마을은
성깃한 가지가지 새로 떠오른다.

 그 누가 온다고 한 언약도 없건마는!
기다려 볼 사람도 없건마는!
나는 오히려 못 물가를 싸고 떠돈다.
그 못물로 놀이 잦을 때.

「신판 소월시감상」
1959.06.25 교양사

1925년 시집『진달내꽃』에 수록된 작품. '희멀끔', '빛죽은', '어두컴컴', '희그무레히'가
나타내는 색의 이미지는 동일하다. 겨울이 깊은 화자의 몸과 가슴에 사랑까지 없어진 늙음
을 표현하며 소월의 '상실'이미지를 드러내고 있는 작품이다.

반달

희멀끔하여 떠돈다, 하늘 위에,
빛 죽은 반(半)달이 언제 올랐나!
바람은 나온다, 저녁은 춥구나,
흰 물가엔 뚜렷이 해가 드누나.

어두컴컴한 풀 없는 들은
찬 안개 위로 떠 흐른다.
아, 겨울은 깊었다, 내 몸에는,
가슴이 무너져 내려앉는 이 설움아!

가는 님은 가슴에 사랑까지 없애고 가고
젊음은 늙음으로 바뀌어 든다.
들가시나무의 밤드는 검은 가지
잎새들만 저녁빛에 희그무레히 꽃 지듯 한다.

「소월의 사랑의 시감상」
1959.09.01 여원사

소월시 옛 낯

1921년 6월 8일자 『동아일보』에 제목 「구면舊面」으로 수록된 작품. 그 외 1922년 『개벽』에는 「녯낫」으로, 1925년 『진달내꽃』에는 「옛낫」으로 각각 수록된 작품이다.

옛 낮

생각의 끝에는 졸음이 오고
그리움의 끝에는 잊음이 오나니
그대여, 말을 말어라, 이후부터,
우리는 옛 낮 없는 설움을 모르리

「원본전재 소월시감상」
1960.02.10 성문사

낙천(樂天)

1923년 『신천지』 9호에 수록된 작품. 『신천지』는 1921년 7월 10일 자로 창간된 종합잡지로 1923년 8월호까지 통권 9호를 내고 폐간되었다. 바로 마지막 9호에 소월의 작품이 실렸다.

낙천(樂天)

살기에 이러한 세상이라고
맘을 그렇게나 먹어야지,
살기에 이러한 세상이라고,
꽃 지고 잎 진 가지에 바람이 운다.

「소월시감상」
1960.12.10 구미서관

소월시 바람과 봄

소월은 같은 내용의 시를 제목만 바꾸어 여러 군데 수록했다. 1921년『동아일보』, 1922년『개벽』22호, 1923년『배재』2호까지 해마다 연달아 수록되었다. 다만『동아일보』와『개벽』에는「바람의 봄」, 배재에는「봄바람」, 진달래꽃 시집에는「바람과 봄」으로 실렸다.

바람과 봄

봄에 부는 바람, 바람 부는 봄,
작은 가지 흔들리는 부는 봄바람,
내 가슴 흔들리는 바람, 부는 봄,
봄이라 바람이라 이 내 몸에는
꽃이라 술잔이라 하며 우노라

「최신판 소월시감상」
1961.11.20 한림사

소월시 눈

1925년 「문명」 1호에 실린 작품. 우연인지 「문명」에 함께 실렸던 작품 「지연」도 4행짜리 작품이다. 1925년은 소월의 시집 『진달내꽃』도 출간된 해인데 12월에 출판된 『진달내꽃』 시집과 12월에 발행된 잡지 『문명』에 동시에 발표된 셈이다.

눈

새하얀 흰 눈, 가비얍게 밟을 눈,
재 같아서 날릴 꺼질 듯한 눈,
바람엔 흩어져도 불길에야 녹을 눈,
계집의 마음, 임의 마음

「소월시 감상」
1962.12.10 구미서관

붉은 조수

1921년 4월 9일자 동아일보에 실린 작품. 1921년에 발표된 작품들은 대부분은 동아일
보에 수록되어 있는데 「첫 치마」, 「봄밤」, 「풀따기」 등이 함께 수록되었다.

붉은 조수

바람에 밀려드는 저 붉은 조수
저 붉은 조수가 밀려들 때마다
나는 저 바람 위에 올라서서
푸릇한 구름의 옷을 입고
불같은 저 해를 품에 안고
저 붉은 조수와 나는 함께
뛰놀고 싶구나, 저 붉은 조수와.

「신판 소월시감상」
1962.12.30 공동문화사

1925년 시집 『진달내꽃』에 수록된 시이다. 소월 시에는 '고락(苦樂)'이 자주 등장 한다. 가을이 깊어가는 밤에 소월은 귀뚜라미 소리와 함께 세상의 '고통과 즐거움'을 표현하고 싶었나 보다.

귀뚜라미

산바람 소리.
찬비 뜯는 소리.
그대가 세상 고락(苦樂) 말하는 날 밤에
순막집 불로 지고 귀뚜라미 울어라

「소월시감상」
1964.04.25 진문출판사

소월시 월색(月色)

1925년 시집 『진달내꽃』에 수록된 시이다. 예나 지금이나 서울은 꿈의 도시다. 평안북도 곽산에서 서울은 얼마나 멀까? 월색(月色), 소월은 가을 달밤이면 사랑하는 사람과 함께 서울로 가고 싶었을 것이다. 그러나 갈 수가 없었다.

월색(月色)

달빛은 밝고 귀뚜라미 울 때는
우둑히 시멋 없이 잡고 섰던 그대를
생각하는 밤이여, 오오 오늘밤
그대 찾아 데리고 서울로 가나?

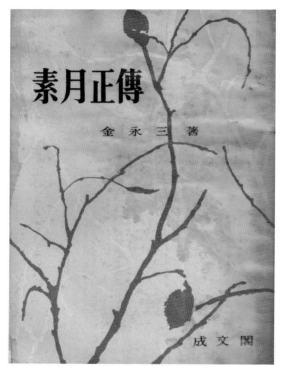

「소월정전」
1965.02.10 성문각

소월시 불운에 우는 그대여

1925년 『진달내꽃』에 수록된 작품. '불운에 우는 그대'는 마치 소월 자신을 가리키는 표현처럼 들린다. 첫사랑에도 실패하고, 유학도, 광산일도, 신문사 지국일도 제대로 이루어 결실을 맺은 것이 없으니 말이다.

불운에 우는 그대여

불운(不運)에 우는 그대여, 나는 아노라
무엇이 그대의 불운을 지었는지도,
부는 바람에 날려,
밀물에 흘러,
굳어진 그대의 가슴속도.
모두 지나간 나의 일이면.
다시금 또 다시금
적황(赤黃)의 포말(泡沫)은 북고여라, 그대의 가슴속의
암청(暗靑)의 이끼여, 거치른 바위
치는 물가의.

「소월시감상」
1965.10.01 구미서관

바다가 변하여 뽕나무밭 된다고

1922년 『개벽』22호에 수록된 작품. 『개벽』발표 당시 제목은 「물결이 變하야 뽕나무밧이 된다고」였다.

바다가 변하여 뽕나무밭 된다고

걷잡지 못할 만한 나의 이 설움,
저무는 봄 저녁에 져가는 꽃잎,
져가는 꽃잎들은 나부끼어라.
예로부터 일러 오며 하는 말에도
바다가 변하여 뽕나무밭 된다고.
그러하다, 아름다운 청춘의 때의
있다던 온갖 것은 눈에 설고
다시금 낯모르게 되나니,
보아라, 그대여, 서럽지 않은가,
봄에도 삼월의 져가는 날에
붉은 피같이도 쏟아져 내리는
저기 저 꽃잎들을, 저기 저 꽃잎들을.

「신판 소월시 감상」
1966.11.10 남창문화사

꽃촉(燭)불 켜는 밤

1925년 시집『진달내꽃』에 수록된 작품. '꽃 촉불 켜는 밤'은 신혼 첫날 밤을 의미한다. 김소월은 1916년, 자신보다 3살 연상인 홍단실과 결혼했다. 그의 나이 14세였기에 '눈물 날 일 많은' 앞날에 대해 생각하지 못했을 것이다.

꽃촉(燭)불 켜는 밤

꽃촉불 켜는 밤 깊은 골방에 만나라
아직 젊어 모를 몸 그래도 그들은
해 달같이 밝은 맘 저저마다 있노라
그러나 사랑은 한두 번만 아니라 그들은 모르고
꽃촉불 켜는 밤 어스러한 창 아래 만나라
아직 앞길 모를 몸 그래도 그들은
솔대같이 굳은 맘 저저마다 있노라'
그러나 세상은, 눈물 날 일 많아라, 그들은 모르고.

「내가 기른 소월」
1969.11.25 장문각

소월시 맘에 있는 말이라고 다할까보냐

1925년 시집 『진달내꽃』에 수록된 작품. 『진달내꽃』 수록 작품 중에서도 드물게 연의 구분없이 길게 씌어지고 있는 시다. 제목처럼 맘에 있는 말이라고 다할까보냐, 하고 작정하고 내뱉는 소월의 답답함은 누구의 탓일까.

맘에 있는 말이라고 다할까보냐

하소연하며 한숨을 지으며
세상을 괴로워하는 사람들이여!
말을 나쁘지 않도록 좋이 꾸밈은
닳아진 이 세상의 버릇이라고,
오오 그대들! 맘에 있는 말이라고 다 할까 보냐.
두세 번 생각하라, 우선 그것이
저부터 밑지고 들어가는 장사일진댄.
사는 법(法)이 근심은 못 가른다고,
남의 설움을 남은 몰라라.
말마라, 세상, 세상 사람은
세상의 좋은 이름 좋은 말로써
한 사람을 속옷마저 벗긴 뒤에는
그를 네 길거리에 세워놓아라, 장승도 마치 한 가지.
이 무슨 일이랴, 그날로부터,
세상 사람들은 제가끔 제 비위(脾胃)의 헐한 값으로
그의 몸값을 매기자고 덤벼들어라.
오오 그러면, 그대들은 이후에라도
하늘을 우러르라, 그저 혼자, 섧거나 괴롭거나.

「소월시 감상」
1975.12.05 현암사

훗길

1925년 시집 『진달내꽃』에 수록된 시이다. 소월의 시에는 부모님에 대한 시가 많이 나
온다. 우리네 인생을 찾아가면 '낙엽이 우수수 떨어진 날에도' '강변'에도 우리의 훗길은
있다.

훗길

어버이 님네들이 외우는 말이
『딸과 아들을 기르기는
훗길을 보자는 심성(心誠)이로라.』
그러하다, 분명(分明)히 그네들도
두 어버이 틈에서 생겼어라.
그러나 그 무엇이냐, 우리 사람!
손들어 가르치던 먼 훗날에
그네들이 또 다시 자라 커서
한결같이 외우는 말이
『훗길을 두고 가자는 심성(心誠)으로
아들딸을 늙도록 기르노라.』

「현대시 감상」
1952.10.15 향음사

소월시 부부(夫婦)

1925년 시집 『진달내꽃』에 수록된 작품. 김소월은 14세에 아내와 결혼하여 죽기 전 32세까지 함께 살았다. 20여 년 가까이 함께 살며 4남 2녀의 자녀를 두었는데 4남은 김소월 사후에 태어난 유복자이다.

부부(夫婦)

오오 안해여, 나의 사랑!
하늘이 묶어준 짝이라고
믿고 살음이 마땅치 아니한가.
아직 다시 그러랴, 안 그러랴?
이상하고 별나운 사람의 맘,
저 몰라라, 참인지, 거짓인지?
정분(情分)으로 얽은 딴 두 몸이라면.
서로 어그점인들 또 있으랴.
한평생(限平生)이라도 반백년(半百年)
못 사는 이 인생(人生)에!
연분(緣分)의 긴 실이 그 무엇이랴?
나는 말하려노라, 아무려나,
죽어서도 한 곳에 묻히더라.

「김소월의 명시」
1982.04.27 개선문출판사

소월시 나의 집

1922년 『개벽』 20호에 수록된 작품. 이때 발표된 제목은 「내 집」이었으며 1925년 시집 『진달내꽃』에는 「나의 집」으로 수록되었다. 보통 소월의 시에서 집은 산과 연관이 있는데 이 시에서는 '넓은 바다의 물가 뒤에' 짓겠다고 하고 있다.

나의 집

들가에 떨어져 나가 앉은 메기슭의
넓은 바다의 물가 뒤에,
나는 지으리, 나의 집을,
다시금 큰길을 앞에다 두고
길로 지나가는 그 사람들은

제가끔 떨어져서 혼자 가는 길.
하이얀 여울턱에 날은 저물 때.
나는 문(門)간에 서서 기다리리
새벽새가 울며 지내는 그늘로
세상은 희게 또는 고요하게
번쩍이며 오는 아침부터
지나가는 길손을 눈여겨보며
그대인가고, 그대인가고

「못잊을 그사람」
1966.12.20 양서각

소월시 구름

1923년 『신천지』 9호에 시 「낙천」과 함께 수록된 작품. '애스러라'는 야속하다로 풀이되기도 하고 가엾다로 풀이되기도 한다. 어떤 의미든 '그리 못하는' 소월의 한탄스러움을 드러내고 있다.

구름

저기 저 구름을 잡아타면
붉게도 피로 물든 저 구름을,
밤이면 새카만 저 구름을.
잡아타고 내 몸은 저 멀리로
구만리 긴 하늘을 날아 건너
그대 잠든 품속에 안기렸더니,
애스러라, 그리는 못한대서,
그대여, 들으라 비가 되어
저 구름이 그대한테로 내리거든,
생각하라, 밤저녁, 내 눈물을.

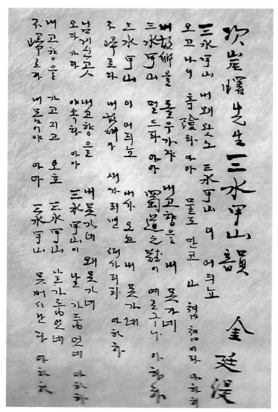
'김소월이 김억에게 보낸 편지, 차안서선생 삼수갑산운'

소월시 차안서선생 삼수갑산운(次岸曙先生三水甲山韻)

소월의 시 「삼수갑산」은 1934년 11월 『신인문학』에 발표되었다. 소월이 김억에게 보낸 육필 원고 「삼수갑산」은 『신동아』 1935년 2월호에 마련된 추모 특집에 그대로 실렸다. 김억은 소월의 「삼수갑산」을 그의 유작으로 소개했으나, 사실 미발표 유작은 아니라고 전해진다.

차안서선생 삼수갑산운(次岸曙先生三水甲山韻)

삼수갑산(三水甲山) 내 왜 왔노 삼수갑산이 어디뇨
오고 나니 기험(奇險)타 아하 물도 많고 산첩첩(山疊疊)이라
아하하

내 고향을 도로 가자 내 고향을 내 못 가네
삼수갑산 멀드라 아하 촉도지난(蜀道之難)이 예로구나
아하하

삼수갑산이 어디뇨 내가 오고 내 못 가네
불귀(不歸)로다 내 고향 아하 새가 되면 떠가리라
아하하

님 계신 곳 내 고향을 내 못 가네 내 못 가네
오다가다 야속타 아하 삼수갑산이 날 가두었네
아하하

내 고향을 가고지고 오호 삼수갑산 날 가두었네
불귀로다 내 몸이야 아하 삼수갑산 못 벗어난다
아하하

「약산 진달래는 우련 붉어라」
1982.02.10 문학사상사

소월시 고독

1931년 『신여성』 57호에 수록된 작품. 김소월은 여기에 시 「드리는 노래」와 「고독」을 함께 발표한 후 3년간 시를 발표하지 않았다. 김소월의 유일한 시론인 「詩魂」 발표 이후, 김억과의 관계가 소원해졌기 때문이라고 알려졌다.

고독

설움의 바닷가의
모래밭이라
침묵의 하루해만 또 저물었네

탄식의 바닷가의
모래밭이니
꼭같은 열두 시만 늘 저무누나

바쟅의 모래밭에
돋는 봄풀은
매일 붙는 벌불에 타도 나타나

설움의 바닷가의
모래밭은요
　봄 와도 봄 온 줄을 모른다더라

잊음의 바닷가의 모래밭이면
오늘도 지는 해니 어서 져다오
아쉬움의 바닷가 모래밭이니
뚝 씻는 물소리나 들려나 다오

「못잊어」
1984.01.10 도서출판 가야

소월시 우리 집

김소월의 시에서 '집'과 '산'은 밀접한 관계를 보인다. 이 시에서도 '우리 집 또 저 산 넘어 넘어'로 표현되고 있으며 시 「풀따기」에서는 '우리집 뒤 산에는 풀이 푸르고'로 표현하고 있다.

우리 집

이바루
외따로 와 지나는 사람 없으니
『밤 자고 가자하며 나는 앉어라.』

저 멀리, 하느편에
배는 떠나 나가는
노래 들리며

눈물은
흘러나려라
스르르 내려 감는 눈에.

꿈에도 생시에도 눈에 선한 우리 집
또 저 산 넘어 넘어
구름은 가라.

「정본 소월시감상」
1984.06.10 박영사

저녁 때

1925년『개벽』55호에 수록된 작품. 소월은 1925년, 신문과 잡지에 28편의 시를 대거
발표했으나 1926년에는 8편, 1929년에는 4편, 1931년『신여성』2월호에 2편으로 점
점 줄어들다가 1934년 8월『삼천리』에 시를 발표하기까지 3년여 공백기가 있었다.

저녁 때

마소의 무리와 사람들은 돌아들고, 적적(寂寂)히 빈 들에,
엉머구리 소리 우거져라.
푸른 하늘은 더욱 낮추, 먼 산 비탈길 어둔데
우뚝우뚝한 드높은 나무, 잘 새도 깃들어라.

볼수록 넓은 벌의
물빛을 물끄럼히 들여다보며
고개 수그리고 박은 듯이 홀로 서서
긴 한숨을 짓느냐. 왜 이다지!

온 것을 아주 잊었어라, 깊은 밤 에서 함께
몸이 생각에 가볍고, 맘이 더 높이 떠오를 때.
문득, 멀지 않은 갈숲 새로
별빛이 솟구어라.

「김소월 시가 있는 명상 노우트」
1986.03.01 일월서각

소월시 찬 저녁

1925년 『진달내꽃』에 수록된 작품. 소월의 작품에서는 죽음의 이미지 외에 '무덤'이라는 시어가 꽤 많이 사용되고 있다. 죽은 자가 묻히는 '무덤'보다 산 자의 '세상'이 더 멀게 느껴진다는 소월의 소외감이 드러난다.

찬 저녁

퍼르스렷한 달은, 성황당의
데군데군 헐어진 담 모도리에
우둑히 걸리웠고, 바위 위의
까마귀 한 쌍, 바람에 나래를 펴라.

엉긔한 무덤들은 들먹거리며,
눈 녹아 황토(黃土) 드러난 멧기슭의,
여긔라, 거리 불빛도 떨어져 나와,
집 짓고 들었노라, 오오 가슴이여

세상은 무덤보다도 다시 멀고
눈물은 물보다 더 더움이 없어라.
오오 가슴이여, 모닥불 피어오르는
내 한세상, 마당가의 가을도 갔어라.

그러나 나는, 오히려 나는
소리를 들어라, 눈석이물이 씨거리는,
땅 위에 누워서, 밤마다 누워,
담 모도리에 걸린 달을 내가 또 봄으로.

「김소월 시 감상」
1987.08.30 진화당

개여울의 노래

소월은 개여울을 좋아하는 듯하다. 「개여울」이라는 제목의 시도 있는데 그것과 별개로 「개여울의 노래」라는 제목의 시를 또 한편 남겼다. 「개여울」은 1965년 이희목 작곡으로, 「개여울의 노래」는 1968년 서영은 작곡으로 가요로 만들어졌다.

개여울의 노래

그대가 바람으로 생겨 낫스면!
달 돗는 개여울의 빈들 속에서
내 옷의 앞자락을 불기나 하지.

우리가 굼벙이로 생겨 낫스면!
비오는 저녁 캄캄한 넝기슭의
미욱한 꿈이나 꾸어를 보지.

만일에 그대가 바다 난끗의
벼랑에 돌로나 생겨 낫다면,
둘이 안고 굴며 떨어나지지.

만일에 나의 몸이 불귀신이면
그대의 가슴속을 밤도아 태와
둘이 함께 재되어 스러지지.

「김소월 시감상」
1989.08.30 진화당

소월시 늦은 가을비

『진달내꽃』과 『소월시초』에도 실리지 않은 작품. 1934년 소월이 사망한 이후인 1939년 『여성』39호에 수록되었으며 김억의 『소월의 생애』에 포함된 친필 유고로 알려진 시다.

늦은 가을비

구슬픈 날, 가을날은 괴로운 밤 꾸는 꿈과 같이
모든 생명을 울린다.
아파도 심하구나 음산한 바람들 세고
둑가의 마른 풀이 갈기갈기 젖은 후에 흩어지고
그 많은 사람들도 문 밖 그림자 볼수록
한 줄기 연기 곁을 길고 파리한 버들같이 스러진다.

「신판 소월시 감상」
1990.02.20 홍신문화사

가시나무

1939년 『여성』에 발표 되었던 시. 가시나무는 늘 외롭다. 뾰족한 자신의 가시 때문에 그 누구도 곁에 와주지 않는다. 1961년 손석우 작곡, 블루벨즈에 의해 대중가요로 불렸다.

가시나무

산에도 가시나무 가시덤불은
덤불덤불 산마루로 뻗어 올랐소.

산에는 가려 해도 가지 못하고
바로 말로 집도 있는 내 몸이라오.

길에 가선 혼잣몸이 홑옷자락은
하룻밤에 두세 번은 젖기도 했소.

들에도 가시나무 가시덤불은
덤불덤불 들 끝으로 뻗어나갔소.

PART
4

등불과 마주 앉아 있으려면

「Selected Poems」
1959.08.10 성문각

소월시 길손

시집『진달내꽃』에도 사후 시집『소월시초』에도 실리지 않은 작품. 1923년『배재』2호에 수록된 작품으로 배재학보 교지는 추후 문인들의 중요한 기틀을 마련하는 역할을 하기도 했다. '씨달픈'은 '마음에 들지 않고 시들하다'는 의미의 표현이다.

길손

얼굴 힐끔한 길손이여
지금 막, 지는 해도 그림자조차
그대의 무거운 발 아래로
여지도 없이 스러지고 마는데

둘러보는 그대의 눈길을 막는
뾰죽뾰죽한 멧봉우리
기어오르는 구름 끝에도
비낀 놀은 붉어라, 앞이 밝게

천천히 밤은 외로이
근심스럽게 지쳐 나리나니
물소리 처량한 냇물가에,
잠깐, 그대의 발길을 멈추라.

길손이여,
별빛에 푸르도록 푸른 밤이 고요하고
맑은 바람은 땅을 씻어라.
그대의 씨달픈 마음을 가다듬을 지어다.

「KOREAN VERSES」
1960.12.25 문원사

소월시 봄 바람 바람아

김소월 생전 미발표작품 중 하나. 8편의 미발표작품들의 원고는 1977년 장성중(張性重)이라는 고문헌 수집가에 의해 발견되었고, 그 작품들은 『문학 사상』 11월호에 발표되면서 세상에 알려졌다.

봄 바람 바람아

봄에 부는 바람아,
산에, 들에, 불고 가는 바람아,
돌고 돌아 - 다시 이곳,

조선 사람에 한 사람인
나의 염통을 불어준다.
오 - 바람아 봄바람아,
봄에 봄에 불고 가는 바람아,

쨍쨍히 비치는 햇볕을 따라,
인제 얼마 있으면?
인제 얼마 있으면 오지
꽃도 피겠지!
복숭아도 피겠지!
살구꽃도 피겠지!

「UNFORGETTABLE LOVE」
1992.08.25 벡문사

소월시 삭주구성(朔州龜城)
평안북도 삭주와 구성. 신의주에서 약 80km 떨어진 동북 지역의 산간 지역으로 알려졌다.
김소월은 평안북도 안주군 곽산 출생으로 알려져 있으나 실제는 구성군 서산면 그의 외가
에서 태어났다.

삭주구성(朔州龜城)

물로 사흘 배 사흘
먼 삼천 리
더더구나 걸어 넘는 먼 삼천 리
삭주 구성은 산을 넘은 육천리요

물 맞아 함빡이 젖은 제비도
가다가 비에 걸려 오노랍니다.
저녁에는 높은 산
밤에 높은 산

삭주구성은 산 넘어
먼 육천리
가끔가끔 꿈에는 사오천리
가다오다 돌아오는 길이겠지요

서로 떠난 몸이길래 몸이 그리워
님을 둔 곳이길래 곳이 그리워
못 보았소 새들도 집이 그리워
남북으로 오며가며 아니합디까

들 끝에 날아가는 나는 구름은
반쯤은 어디 바로 가 있을텐고
삭주구성은 산 넘어
먼 육천리.

「Fugitive Dreams」
1998.01.10 콜롬비아대학

자나 깨나 앉으나 서나

1923년 『개벽』 35호에 수록된 작품. 발표 당시에는 「思欲絕」이라는 제목 아래 포함되었던 하나의 작품으로 「못잊어」, 「생각이 나겠지요」, 「예전엔 미처 몰랐어요」, 「해가 산에 저물도록」, 「눈물이 수루르 흘러납니다」 까지 모두 5편의 작품이 포함되었다.

자나 깨나 앉으나 서나

자나 깨나 앉으나 서나
그림자 같은 벗 하나 있었습니다.

그러나, 우리는 얼마나 많은 세월을
쓸데없는 괴로움으로만 보내었겠습니까!

오늘은 또다시 당신의 가슴속, 속모를 곳을
울면서 나는 휘저어 버리고 떠납니다 그려.

허수한 맘, 둘 곳 없는 심사에 쓰라린 가슴은
그것이 사랑, 사랑이던 줄이 아니도 잊힙니다.

世界詩人叢書 //

キム・ソウォル（金素月）詩集
つつじの花

訳 林 陽子 解説 金 炳善

繊細、かつ芳醇な詩宇宙

★1902年に生を受け、1934年、32歳で自死するまで、切々と
〈愛〉を、〈死〉を、そして〈生〉の内的陰影をうたいあげた
詩人キム・ソウォル（金素月）の〈詩〉のほぼ全容を日訳。

＊1923年渡日、東京商科大学専門部に入学。同年、関東大震災
　に見舞われ、帰国（中退）。
＊1981年（自死から47年後）、大韓民国金冠文化勲章の追叙を
　受ける。

書肆青樹社

「つつじの花」
2011.03.30 일본 청수사

소월시 천리만리

1925년 동아일보 1월 1일자에 수록된 작품. '千里萬里'는 벗어나고픈 열망으로서의 화자의 심리적 거리이며 절대적인 거리다. 소월에게 죽음은 그가 가고자 하는 세계, 현실을 벗어난 유토피아에 도달하려는 하나의 방법이자 통로이다.

천리만리

말리지 못할 만치 몸무림하며
마치 천리만리나 가고도 싶은
맘이라고나 하여 볼까.
한 줄기 쏜살같이 벋은 이 길로
줄곧 치달아 올라가면
불 붙는 산의, 불 붙는 산의
연기는 한두 줄기 피어올라라.

「金达莱」 *진달래의 중국식 표기
2012.09.20 중국 산동선출판사

들도리

시 「들도리」는 『김소월전집』(김용직, 1996)에서는 '들노리'로 해석하고 있으며 『정본 김
소월전집』(오하근, 1995)과 『김소월시전집』(권용민, 2007)에서는 들을 돌아다니며 거니
는 '들돌이'로 풀이하고 있다.

들도리

들꽃은 피어 흩어졌어라.
들풀은
들로 한 벌 가득히 자라 높았는데
뱀의 헐벗은 묵은 옷은
길 분전의 바람에 날아돌아라.

저 보아, 곳곳이 모든 것은
번쩍이며 살아 있어라.
두 나래 펼쳐 떨며
소리개도 높이 떳어라.

때에 이내 몸
가다가 또 다시 쉬기도 하며,
숨에 찬 내 가슴은
기쁨으로 채워져 사뭇 넘쳐라.

걸음은 다시금 또 더 앞으로……

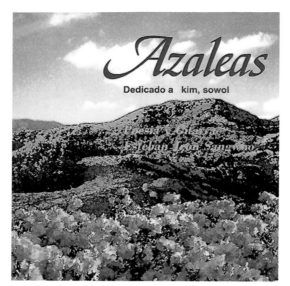

김소월의 시가 노래로 수록된 Azaleas

소월시 사랑의 선물

한국보다 스페인서도 유명한 시이다. 2000년 Juan Carlos 작곡, 싱어송 라이터 Masteven Jeon의 노래로 불려 졌다. 스페인에서는 김소월의 시를 두고 금강석 같은 언어의 보배라고 한다. 그만큼 운율적인 아름다움을 많이 가지고 있기 때문이다.

사랑의 선물

님 그리고 방울방울 흘린 눈물
진주 같은 그 눈물을
썩지 않는 붉은 실에
꿰이고 또 꿰여
사랑의 선물로서
님의 목에 걸어줄라.

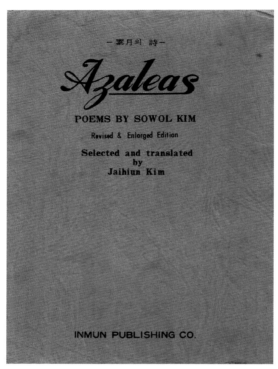

「Azaleas」
1974.05.10 인문출판사

등불과 마주 앉아 있으려면

1922년 『개벽』 22호에 수록된 작품. 그러나 시집 『진달내꽃』과 『소월시초』에도 수록되어 있지 않은 작품 중 하나다. 시인 백석이 1939년 5월 1일 『조선일보』에 「소월과 조선생」을 발표함으로써 소월의 유작노트가 있었으며 그것을 스승 김억이 보관하고 있었다는 사실을 알게 되었다.

등불과 마주 앉아 있으려면

적적히
다만 밝은 등불과 마주 앉았으려면
아무 생각도 없이 그저 울고만 싶습니다,
왜 그런지야
어두운 밤에 홀로이 누웠으려면
아무 생각도 없이 그저 울고만 싶습니다.
왜 그런지야
알 사람도 없겠습니다마는,
탓을 하자면 무엇이라
말할 수는 있겠습니다마는.

「Lost Love」
1984.10.10 삼성출판사

소월시 닭소리

1925년 시집 『진달내꽃』수록 작품. 수록 당시 제목은 「닭소래」였다. 2행의 '가슴 뒤노는'에서 뒤놀다는 한 곳에 붙어 있지 않고 이리저리 흔들리다는 것을 의미하는데 『소월시초』에서는 '뛰노는'으로 바꾸어 놓았다.

닭소리

그대만 없게 되면
가슴 뛰는 닭소리 늘 들어라.

밤은 아주 새어올 때
잠은 아주 달아날 때

꿈은 이루기 어려워라.

저리고 아픔이여
살기가 왜 이리 고달프냐.

새벽 그림자 산란(散亂)한 들풀 위를
혼자서 거닐어라.

「AZALEA FLOWER」
2003.08.10 동해출판사

소월시 개아미

1922년 『개벽』19호에 수록된 작품. 1925년 시집 『진달내꽃』에는 「개아미」, 1922년
『개벽』에는 「개암이」라는 제목으로 수록되었다. 시 「樹芽」와 함께 「금잔디 소곡」이라는
제목 아래 포함된 작품이기도 하다.

개아미

진달래꽃이 피고
바람은 버들가지에서 울 때,
개아미는
허리 가늣한 개아미는
봄날의 한나절, 오늘 하루도
고달피 부지런히 집을 지어라.

「LOST LOVE」
1990.05.10 시사영어사

소월시 부엉새

1922년 『개벽』 19호에 수록된 작품. 「개미」, 「제비」등의 시와 함께 수록되었는데 재미있
게도 이때 수록된 시 제목들 모두 생물이다. '오늘도 해 못보고 날이 저무네'라는 것을 보면
해가 안뜨는 우울 한 날이었을 것이다.

218

부엉새

간밤에
뒷 창 밖에
부엉새가 와서 울더니,
하루를 바다 위에 구름이 캄캄.
오늘도 해 못 보고 날이 저무네.

「A LAMP BURNS LOW」
1996.04.30 박우사

소월시 만리성(萬里城)

1925년 『동아일보』 1월 1일자 수록 작품. 1920년대 시선집이 편찬되면서부터 현재까지 남북한 시선집에 가장 많이 등재된 시인이 김소월이다. 남한 시선집에서는 현실비판적인 시를, 북한 시선집에서는 관능적 감각이 드러난 시를 배제하는 경향을 보인다. .

만리성(萬里城)

밤마다 밤마다
온 하룻밤!
쌓았다 헐었다
긴 만리성!

「朝鮮詩集(前記)」
'먼후일' 등 7편 수록
1943.08.12 동경 흥풍관

소월시 담배

1925년 시집 『진달내꽃』 수록 작품. 김소월의 유고와 관련해서 나중에 김억은 "소월이가 별세한 이듬해 미망인이 일부러 소월이의 유고며 초고라 할 전부를 다 가지시고 서울로 올라왔다"는 기록을 남긴다.

담배

나의 긴 한숨을 동무하는
못 잊게 생각나는 나의 담배!
내력을 잊어버린 옛 시절에
낳다가 새 없이 몸이 가신
아씨님 무덤 위의 풀이라고
말하는 사람도 보았어라.
어물어물 눈앞에 쓰러지는 검은 연기,
다만 타붙고 없어지는 불꽃.
아 나의 괴로운 이 맘이여.
나의 하염없이 쓸쓸한 많은 날은
너와 한가지로 지나가라.

「진달래꽃」
2022 페루시아, 인도

소월시 어버이

1925년 시집 『진달내꽃』에 수록된 작품. 이 시는 1969년 서영은이 작곡하고 가수 최희준이 부르기도 했다. 부모에게 아직 응석 부릴 나이 열네 살, 소월은 이미 가장이 되어버렸는데 그 마음을 노래한 것일까. '바이'는 다른 도리가 없다는 뜻이다.

어버이

잘 살며 못 살며 할 일이 아니라
죽지 못해 산다는 말이 있나니,
바이 죽지 못할 것도 아니지마는
금년에 열네 살, 아들딸이 있어서
순복이 아버님은 못하노란다.

「素月」
2003.12.28 러시아, 모스크바문화원

소월시 몹쓸 꿈

1925년 시집 『진달내꽃』 수록작품. '두새없는'은 일의 차례가 없다는 의미의 '두서없다'
는 뜻의 방언으로 이치에 맞지 않음으로 썼다. '새들게'는 남이 알아들을 수 없게 혼자 지
껄인다는 의미다.

몹쓸 꿈

봄 새벽의 몹쓸 꿈
깨고 나면!
우짖는 까막까치, 놀라는 소리,
너희들은 눈에 무엇이 보이느냐.

봄철의 좋은 새벽, 풀이슬 맺혔어라
볼지어다, 세월은 도무지 편안(便安)한데,
두새없는 저 까마귀, 새들게 우짖는 저 까치야,
나의 흉(凶)한 꿈 보이느냐?

고요히 또 봄바람은 봄의 빈 들을 지나가며,
이윽고 동산에는 꽃잎들이 흩어질 때,
말 들어라, 애틋한 이 여자야, 사랑의 때문에는
모두 다 사나운 조짐(兆朕)인 듯, 가슴을 뒤노아라.

불어판 「현대 한국시집」
1965.03.01 대한공론사

소월시 분(粉) 얼굴

1925년 시집 『진달내꽃』 수록 작품. '아른대다'는 『정본 김소월전집』(오하근,1995)에서
는 '아리대다'로 보고 '눈앞에서 왔다 갔다 하다(아른대다)'로 풀이했으나 『김소월시전집』
(권영민, 2007)에서는 '귀엽게 다루어 기쁘게 하여준다'로 풀이했다.

분(粉) 얼굴

불빛에 떠오르는 새뽀얀 얼굴,
그 얼굴이 보내는 호젓한 냄새,
오고가는 입술의 주고받는 잔(盞),
가느스름한 손길은 아른대여라.

검으스러하면서도 붉으스러한
어렴풋하면서도 다시 분명한
줄 그늘 위에 그대의 목소리,
달빛이 수풀 위를 떠 흐르는가.

그대하고 나하고 또는 그 계집
밤에 노는 세 사람, 밤의 세 사람,
다시금 술잔 위의 긴 봄밤은
소리도 없이 창 밖으로 새여 빠져라.

「AZALEAS」
2007.03.03 콜롬비아대학교

소월시 아내 몸

김억의 『소월의 생애』 100쪽에는 "아내를 사랑하는 素月은 아이들을 딴 방에 재우고 自己
는 안해와 단둘이 앉아 또 술상을 대하였습니다. 그날 밤 素月은 웨 그처럼 안타가히 술을
사랑하고 안해를 사랑하였는지 모릅니다."라는 기록이 있다.

아내 몸

들고 나는 밀물에
배 떠나간 자리야 있스랴.
어질은 안해인 남의 몸인 그대요
아주, 엄마 엄마라고 불니우기 전(前)에.

굴뚝이기에 연기가 나고
돌바우 아니기에 좀이 들어라.
젊으나 젊으신 청하늘인 그대요,
착한 일 하신 분네는 천당(天堂) 가옵시리라.

College of KIM SOWOL

2012 배재대학교

배재대학교에서는 2012년 관광문화대학과 예술대학을 통합하여
「김소월 대학」으로 바꿈

소월시 바리운 몸

1925년 시집 『진달내꼿』에 수록된 작품. '바리운'은 '버려진'이라는 뜻인데 1979년 MBC
대학가요제에서 '백마들'이라는 그룹이 이 시의 제목을 「수풀 속에서」로 바꿔 곡을 달고
동상을 수상한 바 있다.

바리운 몸

꿈에 울고 일어나
들에
나와라.

들에는 소슬비
머구리는 울어라.
들 그늘 어두운데

뒷짐지고 땅 보며 머뭇거릴 때.

누가 반딧불 꾀어드는 수풀 속에서
『간다 잘 살아라』하며, 노래 불러라.

스페인어 소월시집
1987 스페인

소월시 엄숙

1925년 시집 『진달내꽃』에 수록된 작품. 1925년 말에 김억은 『가면』이라는 16쪽 자리 문예동인지를 발간한다. 시인 주요한의 월평을 보면 『가면』 6호 (1926.7.)에 김소월의 작품 11편이 실렸음을 알 수 있다.

엄숙

나는 혼자 뫼 위에 올랐어라.
솟아 퍼지는 아침 햇빛에
풀잎도 번쩍이며
바람은 속삭여라.
그러나

아아 내 몸의 상처받은 맘이여.
맘은 오히려 저리고 아픔에 고요히 떨려라.
또 다시금 나는 이 한때에
사람에게 있는 엄숙을
모두 느끼면서.

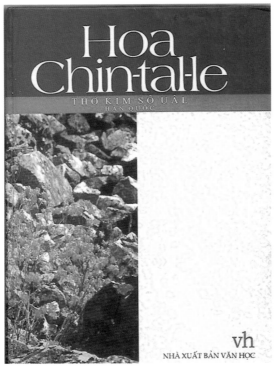

베트남어 소월시집
2004 베트남

합장(合掌)

1925년 시집 『진달내꽃』 수록 작품. '합장'이란 불교용어로 '두손을 모으다 ' 라는 뜻이다. 그러나 소월의 종교는 확인되지 않았다. '달 들어라'는 달빛이 비치다는 뜻이며, '이마즉'은 이마적의 방언으로 이제로부터 지나간 얼마 동안의 가까운 때를 의미한다.

합장(合掌)

나들이. 단 두 몸이라. 밤빛은 배여와라.
아, 이거 봐, 우거진 나무 아래로 달 들어라.
우리는 말하며 걸었어라, 바람은 부는 대로.

등불 빛에 거리는 헤적여라, 희미한 하느편에
고이 밝은 그림자 아득이고
퍽도 가까힌, 풀밭에서 이슬이 번쩍여라.

밤은 막 깊어, 사방(四方)은 고요한데,
이마즉, 말도 안하고, 더 안가고,
길가에 우뚝하니. 눈감고 마주서서.

먼먼 산. 산 절의 절 종(鍾)소리.
달빛은 지새어라.

「중등국어 1」
'엄마야 누나야' 수록 1948.01.20 조선교학도서

소월시 무덤

1925년 시집 「진달내꽃」에 수록된 작품. 그는 죽기 전 조상의 무덤을 찾아가 절을 했다고 알려졌다. 김소월의 시에서 '무덤'은 시신을 매장하는 사적 영역을 넘어서서 죽음을 기억하게 만드는 장소이자 문화를 형성하고 보존하는 공간이다.

무덤

그 누가 나를 헤내는 부르는 소리
붉으스름한 언더, 여기저기
돌무더기도 움직이며, 달빛에,
소리만 남은 노래 서리워 엉겨라,
옛 조상들의 기록을 묻어둔 그곳!
나는 두루 찾노라, 그곳에서,
형적 없는 노래 흘러 퍼져,
그림자 가득한 언덕으로 여기저기,
그 누구가 나를 헤내는 부르는 소리
부르는 소리, 부르는 소리,
내 넋을 잡아끌어 헤내는 부르는 소리.

중학국어 3-1
「산유화」 수록. 1953 문교부

소월시 여수(旅愁)

1925년 시집『진달내꽃』수록작품. 김소월은 시를 발표할 때 글자 하나 구두점 , 하나까지
도 세심하게 고려하는 성격이었으나 김억은 소월의 시를 발표할 때 김소월의 창작 노트를
가지고 거기에서 선택하고 가필하기도 했다고 한다.

여수(旅愁)

1.

유월 어스름 때의 빗줄기는
암황색(暗黃色)의 시골(屍骨)을 묶어 세운 듯,
뜨며 흐르며 잠기는 손의 널쪽은
지향(指向)도 없어라, 단청(丹靑)의 홍문(紅門)!

2.

저 오늘도 그리운 바다,
건너다 보자니 눈물겨워라!
조그마한 보드라운 그 옛적 심정(心情)의
분결 같던 그대의 손의
사시나무보다도 더한 아픔이
내 몸을 에워싸고 휘떨며 찔러라,
나서 자란 고향의 해 돋는 바다요.

중학국어 1-II
「엄마야 누나야」 수록. 1967 문교부

소월시 무심(無心)

1925년 『신여성』 18호 수록 작품. 여성들을 위한 교양과 계몽 촉구로 1923년 개벽사에서 창간 했다. 소월이 『개벽』과 『신여성』에 잇달아 수록한 것으로 보아 천도교의 평등사상을 가지고 있었다는 연구결과가 설득력 있어 보인다.

무심(無心)

시집와서 삼년
오는 봄은
거친 벌 난벌에 왔습니다

거친 벌 난벌에 피는 꽃은
졌다가도 피노라 이릅디다
소식 없이 기다린
이태 삼년

바로 가던 앞 강이 간봄부터
구비 돌아 휘돌아 흐른다고
그러나 말 마소, 앞 여울의
물빛은 예대로 푸르렀소

시집와서 삼년
어느 때나
터진 개 개여울의 여울물은
거친 벌 난벌에 흘렀습니다.

중학교 국어 3-2
「진달래꽃」 수록. 1995 교육부

소월시 널

1925년 시집 『진달내꽃』 수록 작품. 이 시의 '층층 그네'에 대해 『김소월전집』(김용직 1996년)에서는 '그네 신을 복수로 해서 두 사람 이상이 탈 수 있게 만든 것'으로, 『정본 김 소월전집』(오하근, 1995)에서는 '친친그네'의 취음 표기로 설명하고 있다.

널

성촌의 아가씨들
널 뛰노나
초파일날이라고
널을 뛰지요

바람 불어요
바람이 분다고!
담 안에는 수양의 버드나무
채색줄 충충그네 매지를 말아요

담 밖에는 수양의 늘어진 가지
늘어진 가지는
오오 누나!
휘젓이 늘어져서 그늘이 깊소

좋다 봄날은
몸에 겹지
널뛰는 성촌의 아가씨네들
널은 사랑의 버릇이라오.

고등학교 국어 2
「진달래꽃」 수록. 1989 한국교육개발원

소월시 춘향(春香)과 이도령(李道令)

1925년 시집 『진달내꼿』 수록 작품. '찾아 찾아'는 원래 원본 본문 표기를 그대로 따를 경우 '차차 찾아'로 풀이될 수 있으며 '서두르지 않고 천천히 찾아'의 의미가 있는데 『정본 김소월전집』(오하근 ,1995)에서는 '차자차자'의 오기로 보고 있다.

춘향(春香)과 이도령(李道令)

평양에 대동강은 우리나라에
곱기로 으뜸가는 가람이지요

삼천리 가다가다 한가운데는
우뚝한 삼각산이 솟기도 했소

그래 옳소 내 누님, 오오 내 누이님
우리나라 섬기던 한 엣 적에는
춘향과 이도령도 살았다지요

이편에는 함양, 저편에 담양,
꿈에는 가끔가끔 산을 넘어
오작교 찾아찾아 가기도 했소

그래 옳소 누이님 오오 내 누님
해 돋고 달 돋아 남원 땅에는
성춘향 아가씨가 살았다지요

인문계 고등학교 국어 2
「금잔디」 수록. 1973 문교부

집 생각

1925년 시집 『진달내꽃』 수록작품. 고향을 그리워하는 화자가 등장하고 '창파', '객선만 둥 둥', '금의로 환고향', '타관만리' 등의 표현으로 미루어 보아 일본 유학시절, 고향에 대한 그리움을 노래한 것으로 보인다.

집 생각

산에나 올라서서 바다를 보라
사면에 백 열리, 창파(滄波) 중에
객선(客船)만 둥둥…… 떠나간다.

명산대찰(名山大刹)이 그 어디메냐
향안, 향탑, 대그릇에,
석양이 산머리 넘어가고
사면에 백 열리, 물소리라

『젊어서 꽃 같은 오늘날로
금의(錦衣)로 환고향(還故鄉)하옵소사.』
객선만 둥둥…… 떠나간다
사면에 백 열리, 나 어찌 갈까

까투리도 산 속에 새끼치고
타관만리(他關萬里)에 와 있노라고
산 중만 바라보며 목메인다
눈물이 앞을 가리운다고

들에나 내려오면
쳐다보라
해님과 달님이 넘나든 고개
구름만 첩첩……떠돌아간다

고등국어 1-II
「금잔디」등 6편 수록. 1952 문교부

소월시 추회(追悔)

1925년 시집 『진달내꽃』 수록 작품. 추회(追悔)란 '지나간 일을 후회 한다'는 뜻의 제목으로 '닫던'은 '달리다'의 의미이며 '순막집'은 '주막집' '허청'은 '헛간'을, '석양 손에'는 '석양이 질 무렵'을 뜻한다.

추회(追悔)

나쁜 일 까지라도 생의 노력
그 사람은 선사(善事)도 하였어라
그러나 그것도 허사(虛事)라고!
나 역시 알지만은 우리들은
끝끝내 고개를 넘고 넘어
짐 싣고 닫던 말도 순막집의
허청(虛廳)가, 석양 손에
고요히 조으는 한때는 다 있나니
고요히 조으는 한때는 다 있나니

고등국어 2
「진달래꽃」 수록. 1953 문교부

꿈길

1925년 시집 『진달내꽃』 수록 작품. 마지막 행의 '걷히는'은 『김소월전집』 (김용직, 1996)에서는 '걷히다'로 풀이했으나 『정본 김소월전집』 (오하근, 1995년에서는 '거칠다'로 해석하고 있다.

꿈길

물구슬의 봄 새벽 아득한 길
하늘이며 들 사이에 넓은 숲
젖은 향기 불긋한 잎 위의 길
실그물의 바람 비처 젖은 숲
나는 걸어가노라 이러한 길
밤저녁의 그늘진 그대의 꿈
흔들리는 다리 위 무지개 길
바람조차 가을 봄 걷히는 꿈

고등국어 2
「금잔디」 수록. 1965 문교부

사노라면 사람은 죽는 것을

이인복은 『정본 소월시집』(1962, 정음사)에 실린 158편 중 49편이 「죽음」 내지 「죽는다」를 직접 사용한 시편들이 32%, 죽음의 영상들로 간주해 볼 수 있는 표현이 나타난 것은 50%에 해당하는 것임을 밝힌 바 있다.

사노라면 사람은 죽는 것을

하루라도 몇 번씩 내 생각은
내가 무엇하려고 살랴는지?
모르고 살았노라, 그런 말로
그러나 흐르는 저 냇물이
흘러가서 바다로 든댈진댄.
일로 쫓아 그러면, 이 내 몸은
애쓴다고는 말부터 잊으리라.
사노라면 사람은 죽는 것을
그러나, 다시 내 몸,
봄빛의 불붙는 사태흙에
집 짓는 저 개아미
나도 살려 하노라, 그와 같이
사는 날 그날까지
살음에 즐거워서,
사는 것이 사람의 본뜻이면
오오 그러면 내 몸에는
다시는 애쓸 일도 더 없어라
사노라면 사람은 죽는 것을.

고등국어 (상)
「진달래꽃」 수록. 2002 교육 인적 자원부

소월시 달맞이

1922년 『개벽』 19호에 수록된 작품. 김소월은 1922년 1월 『개벽』 19호부터 1925년 5월, 59호까지 시 53편, 소설 1편, 평론 1편을 발표하였다. 김소월이 『개벽』에 발표한 소설과 평론은 그가 남긴 유일한 것이다.

달맞이

정월 대보름날 달맞이,
달맞이 달마중을, 가자고!
새라 새 옷을 갈아입고도
가슴엔 묵은 설움 그대로,
달맞이 달마중을, 가자고!
달마중 가자고 이웃집들!
산 위에 수면에 달 숫을 때
돌아들 가자고 이웃집들!
모작별 삼성이 떨어질 때
달맞이 달마중을 가자고!
다니던 옛동무 무덤가에
정월 대보름날 달맞이!

부록

영어로 읽는 김소월 시
(Poems of So-wol Kim in English)

번역 우형숙

• 숙명여대 대학원 졸업, 문학박사

• 문학번역가(영어), (사)한국작가회의 부천지부지회장 역임

• 현재 국제 PEN 클럽 한국본부 번역분과위원장, 국제계관시인연합 번역위원

• 세계시문학회 번역원. 한국 펄벅연구회 연구위원

「진달래꽃」
1950.02.01 숭문사

Story of Azaleas Flower

Kim So-wol's representative poem, first published in 『Gaebyeok』 in July 1922, lyrically expresses the sorrow and sorrow of parting with a loved one. In 1925, Kim So-wol's teacher, Kim Eok published 127 poems and a collection of poems on 『Azalea Flower』 by Maemunsa.

Azalea Flower Poetry Collection was published in February 2011, and it was registered as Korea Registered Cultural Property No. 470. The first edition of the poem is in the collection of the Seoul Pai Chai Museum.

Azaleas Flower

When you're sick and tired of me
and get away from me,
I'll let you go without any words,

An armful of azaleas I pick
at Mt, Yak of Yeongbyun County
I'll scatter on your way.

You're allowed to go
step by step,
by treading lightly on the flowers.

When you're sick and tired of me
and get away from me,
I'll never shed tears, though I may die.

「산유화」
1962.02.10 대문사

Story of Mountain Flowers

Mountain Flowers (Sanyuhwa), which was included in the collection of Azalea Flower Poetry published in 1925, sublimated the loneliness of the natural phenomena of flowers blooming and falling into poetry. In 1955, Jo Ji-seok's Mountain Flowers (Sanyuhwa) novels were serialized in 『Yeowon』, a women's magazine, and it became widely known. After that, it was screened again as a movie, making it an explosive favorite poem.

In 1955, Su-seok's oil painting was serially published in 『Yeowon』, a women's magazine. After that, it was screened again as a movie and became an explosive mourning poem.

Mountain Flowers

On the mountain, flowers bloom.
Flowers bloom.
All through autumn, spring, and summer,
flowers bloom.

On the mountain,
on the mountain,
flowers bloom
all alone far apart.

O little bird singing on the mountain;
it lives its life
on the mountain,
as it loves flowers.

招
魂

詩와 그림과 노래와……①

「초혼」
1980.10.30 서문당

Story of Invocation of the Spirit of the Dead
In 1925, it was included in the Azalea Flower Poetry Collection. It is a poem sung mourning the death of a neighborhood girlfriend, Soon-i Oh. In 1959, Park Young Publishing Company first published a collection of poems as an Invocation of the Spirit of the Dead. It is a poem that composer Son Seok-woo composed and hit as a popular song for the first time in 1960.

Invocation of the Spirit of the Dead

O the name that's shattered to pieces!
O the name that's dispersed into the air!
O the name I call, but no one has the name!
O the name I call till I may die!

The one word deep in my heart
I couldn't say to the last.
O my beloved one!
O my beloved one!

The red sun sits on the western mountain ridge.
Even a herd of deer cry mournfully.
In isolation on the hill,
I call your name.

I call your name in grief.
I call your name in grief.
Though the calling falls slantwise,
heaven and earth are far apart.

Though I turn to a stone here in a standing posture,
I'll call your name till I may die!
O my beloved one!
O my beloved one!

「엄마야 누나야」
2007.11.30 보리

Story of O Mom, and Sis

It was first published in 『Gaebyeok』 in 1922. It expresses the pure desire to enjoy a happy life together in a peaceful nature. At the time of its release, it was a poem about the sorrow of the nation, but in 1964, composer Kim Kwang-soo composed it in the style of a children's song and the singer Bluebells sang it and became known to the world, gaining popularity as a children's song.

O Mom, and Sis

O Mom, and sis, let's live on the riverside.
golden sands glitter in the beach,
Outside the back gate, the blades of reeds sing.
Mom, and sis, let's live on the riverside.

「먼훗날」
1979.12.05 향학사

Story of Some Day

It was included in Azalea Flower Poetry Collection in 1925. It conveyed the love through beautiful poetry, and expressed the longing for the beloved one, who is kept in the heart.

Some Day

If you look for me some day,

I'll say, "I've forgotten you."

If you reproach me in your heart,

I'll say, "I've forgotten you after I pined for you."

Even so, if you blame me,

I'll say, "I've forgotten you as I couldn't trust you."

Today and yesterday I didn't forget you,

but some day I'll say, "I've forgotten you."

「못잊어」
1969.09.01 문교출판사

Story of Unforgettable

It was included in Azalea Flower Poetry Collection in 1925. This is a poem in Paradox's way of saying that you can't directly say that you like the other person, but will never forget and wait until you come back. In 1983, singer Eun-sook Jang sang a song composed by Hak-song Kim and began to be known to the world.

Unforgettable

It's unforgettable, so you'll think of it.

But lead your life somehow or other.

Then the day will come when it can be forgotten.

It's unforgettable, so you'll think of it.

But pass your days somehow or other.

It's hard to forget, but it'll be somewhat forgotten.

You may say, though, like this:

"My longing is so deep.

How can't I forget?"

「예전엔 미처 몰랐어요」
1984.12.10 거암

Story of I Really Didn't Know Before
It was included in Azalea Flower Poetry Collection in 1922. Poet So-wol Kim
expresses well the longing for a loved one and the characteristics of saddness.
It was published as the title of a catalog held to commemorate the 100th
anniversary of the publication of ⟨Azalea Flower⟩ in 2020.

I Really Didn't Know Before

'I really didn't know'
the moon rises every night even in spring and autumn.

'I really didn't know'
I'd miss you so much.

'I really didn't know'
I'd look up at the moon, as it's so bright.

'I really didn't know'
now the moon could be sorrow.

「금잔디」
1969.09.10 남창출판사

Story of Golden Lawn Grass

A well-known poem published in 『Gaebyeok』 in 1922. This poem is about the great sorrow of parting with a lover who shares a beautiful love, with the theme of the golden grass blooming every year. Namchang Publishing Company showed their love for 〈Golden Lawn Grass〉 by publishing 7 volumes of 〈Golden Lawn Grass〉 poetry only while changing their names to 'Munchang' and 'Changmun' for about 7 years.

Golden Lawn Grass

Grass,

grass,

golden lawn grass.

The golden light of deep mountains and streams

spread to the grass of my lover's grave.

Spring has come; it's spring scenery.

Willow tree tops and branches

have spring colors. Spring has come

to the golden lawn grass of deep mountains.

「나는 세상 모르고 살았노라」
1984.10.25 문지사

Story of I've Lived, Not Knowing the World
It was included in Azalea Flower Poetry Collection in 1925. Sowol sophisticatedly
expresses love and parting in a wonderful and beautiful poem, and this is also
the case. At the 1st Beach Song Festival in 1978, the group sound RUNWAY led
by Bae Cheol-su participated in the 1st Beach Song Festival and won a bronze
medal with this song made from Sowol poetry.

I've Lived, Not Knowing the World

The words 'going, but not coming back'
I heard when I was immature.
Leaving from Mt. Mansoo long ago,
I bade farewell to her.
If only I could meet her again today.

I've lived, not knowing the world.
Now, with my lips of joys and sorrows,
I can say the words more smartly
that I said to her before.
But I'd rather live without knowing the world.

The words 'out of sight, out of mind' --
How could I know the meaning of the words?
If only the fire of Mt. Jeseok would burn the grass
of the grave of my sweetheart I parted from!

김혜수 「개여울」
2008 영화 '모던보이'에서

Story of The Brook

It was first published in 『Gaebyeok』 in 1922. The Brook is a poem about the sorrow of parting and the faith of reunion. It contains the pain and sorrow of parting for our people during the dark times of Japanese colonial rule. Composed by Lee Hee-mok in the 1960s and sung by rookie singer Kim Jeong-hee, it never saw the light of day. In 1972, Jeong Mi-jo sang it again as a popular song and became a big hit.

The Brook

Why do you do
like that?
You hunker down alone by the brook.

When green grasses
started to sprout out
and wavelets rose in the spring breeze.

your sweetheart left with a promise
that he wouldn't leave you for ever,
though he went away.

Squatting down
by the brook every day,
you keep thinking of something like this.

He promised
that he'd not go away for ever.
Did he ask not to be forgotten?

김소월 시비(詩碑) 120선(選)

진달래꽃처럼 피었다 진 소월

-그의 생애와 문학

구미리내

문학평론가, 문학박사, 명지대학교 객원교수

1. 소월, 18세에 등단하다

짧은 세월, 아쉽게 진달래꽃처럼 피었다 진 김소월, 2022년은 뜻 깊은 해이다. 그가 태어 난지 120년이 되는 해요, '진달래꽃'을 개벽 지에 발표 한지 100년이 되는 해이다. 우리가 살면서 이런 기쁨을 만나기는 그리 쉽지 않다. 그 기쁨은 가슴속에 간직하며 그의 생애 와 문학 세계를 다시 한 번 조명해 보고자 한다.

김소월의 고향은 평안북도 정주군 곽산면 남단리 569번지이다. 하지만 그는 1902년 9월 7일 평안북도 구성군 서산면 왕인동 외가 에서 공주 김씨 곽산파 19대손으로 태어났다.

본명은 정식(廷湜)이고 호는 소월(素月)이다. 소월이 고작 세 살 때, 일본강점기 시절 아버지가 정주와 곽산 사이의 철도 공사를 하다 가 일본인들에게 폭행을 당해 정신병을 앓게 되었다. 그러자 그때 부터 소월은 광산업을 하던 할아버지 밑에서 어린 시절을 보내며 성장하였다.

소월은 열세 살이 되던 1915년 오산학교에 입학하였다. 이때 영원한 스승 김억을 만나 문학적 재능을 발휘하기 시작하였다. 1916년에 열네 살의 나이로 4살 연상의 홍단실과 결혼했다.

1922년, 소월은 오산학교를 마치고 배재고등보통학교에 편입하여 이듬해 졸업했다. 그 후 일본으로 건너가 동경상대에 입학했으나 관동지방 대지진으로 학업을 포기하고 귀국했다. 학교를 다니다 중퇴를 했다는 설도 있지만 정확하지 않다.

그 후 할아버지가 경영하는 광산 일을 돕기도 했지만 실패로 돌아가고, 그때부터 소월의 집안은 가세가 기울기 시작하였다. 하는 수 없이 처가가 있는 평북 구성으로 이사한 후 호구지책(糊口之策)으로 그곳에서 동아일보 지국을 개설하였으나 그마저도 실패하였다. 돈과 인연이 없는 소월의 운명은 이때부터였나 보다.

하지만 시를 쓰며 문단 활동은 열심히 했다. 김동인, 나도향, 김차영, 임장화 등과 함께 '영대' 동인을 만들기도 했다. 그러면서 각종 잡지를 통해 작품발표도 왕성하게 했다.

1925년 12월에는 스승 김억의 주선으로 그동안 써두었던 시를 모아 시집《진달내꽃》을 출간하기에 이르렀다. 그러나 시인으로 활동하던 시절도 그리 오래가지 못했다. 1934년 12월 24일 소월은 그렇게도 그리워하던 고향 곽산으로 돌아가 조상께 성묘하고 돌연 죽었기 때문이다. 그의 나이 33살, 너무 젊은 나이에 세상을 떠났다. 이 소식을 동아일보와 조선일보는 각각 이렇게 보도했다.

한가한 향촌 생활을 하는 소월 김정식이 평안북도 구성군 서면 평지동 자택에서 24일 오전 돌연 별세했는데 그가 최근까지 무슨 저술에 착수 중이었다 한다.

저술에 착수 중이었다 한다.

〈동아일보〉 1934. 12. 27

일찍이 진달래꽃이라는 시집을 발행하여 우리 시단에 이채를 나타내던 재질이 비상한 청년시인 소월 김정식씨는 그동안 침묵으로 일관하던 바 지난 24일 아침에 뇌일혈로 급짜이 별세하야 유족들의 애통하는 모양을 보는 사람으로 하여금 눈물을 금치 못하게 하였다.

〈조선일보〉 1934. 12. 27

소월이 사망했다는 보도를 보고 누구보다 안타까웠을 그의 스승 김억은 1935년 1월 22일자 조선중앙일보에 〈요절夭折한 박행薄倖 시인 김소월에 대한 추억〉을 발표하였다.

이제 소월이는 돌아가고 말았으니 여기에 이야기가 있다하면, 그것은 모두 돌아볼 길 없는 지나간 추억에 지나지 않을 것이다. 한창 젊은 몸으로 발표할 수 있는 모든 재능을 보여줄 수가 있었거늘 그만 그대로 검은 운명의 손은 아닌 밤에 돌개바람 모양으로 우리의 기대 많은 시인 김정식 군을 꺾어버리고 말았으니 우리의 설움은 이곳에 있는 것이외다.

이어 일본 와세다 대학에서 공부를 마치고 돌아온 함북 부령 출신의 박귀송 시인은 1935년 1월 27일자 동아일보에 생면부지(生面不知) 김소월 영전에 추도 시 한 편을 발표했다.

내 오랜만에 조선에 와,

불현듯 그대의 조국을 묻다.

그대 나를 모르고, 내 그대를 안다.

아아 그러나, 나 그대의 얼골을 모른다.

아아 三十年前, 이 땅에 봄빛이 와서,

그대의 꽃동산에 뚜렷이 태어낫엇고,

아아 三十年後, 이 땅에 가을이 와서,

그대의 落葉우에 외로히 돌아갓도다.

영원히 그대는 갔다.

아아 그러나, ------ 그대 오히려 世上잇어

이 나라의 〈노래〉를 듣고, 〈山川〉을 보고,

아름다운 이 나라의 색이 될진저.

내 그대를 못잊어, 못잊어

고요히 그대의 詩를 읊어보다, ------

〈먼後日 당신이 나무라면〉

〈무척 생각다 잇엇노라〉

당시 동아일보는 소월의 사망 이유를 밝히지는 않았지만 조선일
보는 뇌일혈로 죽었다고 보도했다. 하지만 그의 죽음에 대해서는
한 세기가 다 되도록 아직도 여러 사람들의 의견이 분분하다. 그 중
에서도 가장 설득력 있는 주장은 뇌출혈이 아니라 자살, 그것도 아
편중독으로 죽었다는 설이다.

소월과 아편, 그것도 중독이라니 무슨 일인가. 한 때 김소월의 외증손녀인 성악가 김상은이 펴낸《소월의 딸들》(대성코리아, 2013년)에 의하면 소월은 평소 관절염을 앓고 있었는데 그 고통을 참기 위해 조금씩 아편을 복용했다고 밝히고 있다.

이쯤, 소월 가족사에 대해 덧붙이고 지나갈 말이 있다. 지금은 고인이 되었지만 남한 땅에는 소월의 3남 김정호(2006년 사망)의 가족이 살고 있었다. 그의 딸, 즉 소월의 친손녀는 충청도, 친손자는 인천에 살고 있다.

그런데 왜 소월의 죽음에 관한 문제를 친손자·친손녀들이 증언하지 않고, 어찌하여 딸의 딸, 그 딸의 딸인 외증손녀가 증언했을까. 물론 외증손녀도 손녀지만 우리나라 정서상 소월과 더 가까운 직계가족의 진술이 아쉬운 시점이다.

그를 어렸을 때부터 키우다시피 했던 숙모 계희영의 저서《약산 진달래는 우련 붉어라》(문학세계사, 1983년)를 보아도 죽기 전날 아편을 사왔다는 이야기는 있어도 상습적으로 복용했다는 이야기는 없다.

2. 마음 둘 데 없던 소월

여기 소월의 편지 한 통을 소개한다. 이 편지는 1935년 1월 23일 조선중앙일보에 실렸던 것(월간 잡지《삼천리》1938년 10월호 재록)으로, 소월이 스승 김억에게 보낸 것이다. 혹시 그의 죽음과 관련되어 있지 않을까 해서다. 독자들의 이해를 돕기 위해 일부 단어에는 주석을 달았고 '한문시'는 토를 달고 해석했다. 그리고 한자에는 한글로 토를 달았고, 띄어쓰기만 다시 했을 뿐 문장은 수정하지 않았다.

** 金億(김억) 선생님께

몇 해 만에 선생님의 手跡(수적, 손수 쓴 글씨나 그 흔적)을 뵈오니 감개무량 하옵니다. 그 수에 보내주신 책《忘憂草》(망우초, 백합과에 속하는 한해살이 풀, 여기서는 김억의 시집 제목을 말함)는 새삼 披閱(피열, 서류나 문서를 펴서 살펴 봄) 하올 때에, 바로 함께 있어 모시던 그 옛날이 눈앞에 彷彿(방불, 다른 대상을 떠올리게 할 만큼, 거의 비슷함)하옴을 깨닫지 못하였습니다.

題 忘憂草(재 망울초)는 근심을 잊어버리란 忘憂草(망울초) 이옵니까? 저의 생각 같아서는, 이 마을 둘 때 없어 잊자하니 忘憂草라고 불렀으면 좋겠다고 생각하옵니다.

저 龜城(구성, 북한에 있는 지명, 소월이 태어난 곳)와서 明年(명년)이면 십년이올시다. 십년도 이럭저럭 짧은 세월이란 모양이외다. 산촌에 와서 십년 있는 동안에 山川은 별로 변함이 없어 뵈어도, 인사는 아주 글러진 듯하옵니다.(중략) 요전 號《三千里》(삼천리, 김동환 시인이 발행하던 잡지의 이름)에 이러한 절귀(絶句)가 있어서

生也一片淨雲起 생야일편정운기
태어남은 한 조각 뜬구름이 일어나는 것이며
死也一片淨雲滅 사야일편정운멸

죽음은 한 조각 뜬구름이 사라지는 것이다.

浮雲自體本無質 부운자체본무질

뜬구름은 본래 바탕이 없는 것이요

生死去如亦如是 생사거여역여시

삶과 죽음이 오가는 것은 이와 같은 것이다

라 하였사옵니다.

저 지금 이렇게 생각하옵니다. 초조하지 말자고, 초조하지 말자고, 자고이래로 仲秋明月(중추명월)을 일컬어 왔습디다. 오늘 밤 창가에 月色(월색), 옛 소설에 어느 여자 다리(橋) 난간에 기대어 있어, 흐느껴 울며 또 죽음의 유혹에 박행한 신세를 소스라지게 울던 그 달빛, 그 월색, 월색이 白書(백서)와 같이 지지 않게 밝사옵니다.

1934년 9월 21일 夜(야)

門下生(문하생) 金廷湜(김정식) 배(拜)

이 편지는 스승 김억이 자신의 출간한 시집 《망우초》를 제자 김소월에게 한 권 보내준 것에 대한 답장인 듯하다. 쓴 날짜가 1934년 9월 21일이면 소월이가 세상을 뜨기 석 달 전이다. 이 편지 내용에서 '마음 둘 때가 없다' '초조하지 말자고, 초조하지 말자고'라든가 또는 잡지에서 인용한 '삶과 죽음'에 대한 한문시 내용을 미루어보아 그즈음 소월은 무엇인가 괴롭고, 불안하고 쓸쓸했나보다.

추측하건데 그동안 소월은 한동네에 살면서 같은 반이었던 첫사랑 오순이의 죽음으로 한때 괴로운 생활을 했고, 절친한 문우 소설가 나도향의 자살에 충격을 받기도 하였을 것이다. 그런가하면 자신도 어려운 형편에 독립운동가 배찬경에게 망명자금을 대주었다는 이유로 일본경찰에 감시를 받는 고초를 당했다.

또 그의 시에는 죽음에 대한 시가 많다. '외로운 무덤' '하다못해 죽어' '죽으면' 등등.

그런 심정들이 소월을 죽음으로 몰아간 것이 아닐까 싶다. 분명한 것은 소월이 아편 중독자였다고 단언할 수는 없다는 말이다. 우리가 직접 보지 않은 그의 죽음을 함부로 이야기한다면 이 일로 해서 유족들이 얼마나 가슴 아파할지도 생각해 볼 일이다.

소월은 이제 이 세상에 없다. 그는 누가 뭐라고 해도 한국 현대사에서 빼놓을 수 없는 수 없는 대표적 시인이요, 여전히 대한민국에서 가장 인지도 높은 시인 중 한 분이라는 것은 분명하다.

2015년 2월 국내 인터넷 도서 판매업체 '예스 24시'에서 고객과 네티즌을 상대로 우리나라에서 가장 아름다운 사랑의 시 베스트 10을 뽑은 적이 있었는데 빼어난 시인들을 제치고 김소월의 〈먼 훗날〉이 1위로 뽑혔다. 그가 세상을 떠난 지 100년이 넘었는데도 소월은 우리의 기억 속에서 영원한 사랑의 시인으로 남았다는 증거다.

3. 큰 별이 된 소월 시집《진달내꽃》

소월이 언제부터 시를 썼는지 정확한 기록은 없지만 평안북도 정주에 있던 오산고등보통학교에 다닐 무렵 스승 김억을 만났다. 그때 문학의 재능을 인정받아 1920년 동인지《창조》2월호에〈낭인의 봄〉을 비롯하여〈야의 우적〉〈오가의 읍〉〈그리워〉〈춘강〉〈먼후일〉등 5편을 발표하여 시인으로 등단했다.

이어《학생계》7월호에〈만나려는 심사〉〈거치른 풀 흐터진 모래동으로〉〈죽으면〉〈무게〉〈춘조〉〈서울의 거리〉등을 발표를 했다. 그 후에도 소월은 끊임없이 시 창작을 하였고 각종 잡지, 신문을 통하여 시를 발표하였다.

1925년 12월 26일, 김소월은 그동안 발표했거나 써두었던 126편의 시를 묶어 스승 김억이 경영하던 출판사 매문사에서 첫 시집이자 마지막 시집인《진달내꽃》(234쪽/규격 12.5×10/ 책값 1원 20전)을 출간했다.

1955년 10월호부터 12월호까지 3회에 걸쳐 소설가 계용묵(1904년~1961년)이《현대문학》에 연재한〈한국문단측면사〉에 보면 김소월이 시집《진달내꽃》을 출간하게 된 동기가 나온다.

"이 무렵에 안서岸曙는 4×6배판 8면의 시 잡지《가면》을 내었습니다. 여기 유력한 필자 한 사람은 물론 소월素月이었습니다. 그리하여 소월의 발표 무대는 좀 더 넓어졌습니다. 그러나《가면》은 자금난으로 폐간의 위기에 직면하게 되었습니다. 소월은 자기의 발표·미발표작 합하여 지금껏 써온 시고詩稿 전부를 안서에게 내맡기어, 판권을 선생에게 양도할 것이니 시집을 출판하여《가면》을 살리도록 하라고 하였습니다. 그리하여 소월의 시집《진달내꽃》은 스승 안서의 손으로《가면》사에서 출판이 되었던 것입니다."

소설가 계용묵은 소월과 두 살 차이로 고향이 평안북도로 동향이다. 그리고 소월이 죽은 후 1948년 김억과 같이 출판사 수선사修善寺를 경영하기도 했다. 계용묵과 김소월이 교류했다는 이야기는 없지만 이런 이야기는 아마 여러 정황으로 보아 김억에게 들은 이야기가 아닐까 추측된다.

그러나 소월의 시집《진달내꽃》은 '가면사'가 아니라 '매문사' 이름으로 1925년에 출간되었다. 그렇다면 이제까지 일부 학자들이 주장한 것은 사실이 아닌 것이다.

즉, 소월이 자비로 시집을 출판했다는 주장은 허구인 것이다. 계용묵은 분명히 소월이 김억에게 자신의 시 원고를 맡기면서 시집을 출판해 '가면사'를 살리라고 했다고 증언하고 있기 때문이다. 소월 연구가들이 〈한국문단측면사〉를 제대로 읽었으면 일어나지 않았을 일이다.

시집《진달내꽃》은 모두 16부로 구성되어 있다. 〈님에게〉〈봄밤〉〈두 사람〉〈무주공산〉〈한때 한때〉〈반달〉〈귀뚜라미〉〈바다가 변하여 뽕나무밭 된다고〉〈여름의 달밤〉〈바라운 몸〉〈여수〉〈진달내꽃〉〈꽃 초불 켜는 밤〉〈금잔디〉〈닭은 꼬구요〉 등이다.

왜 이렇게 나누었는지 그 이유는 잘 모르겠지만 미루어 보건데

소월의 시에 나타나는 한과 고독은 소월 그 자신의 성격이 아니었을까 한다. 아니면 스승 김억의 생각일 수도 있겠다.

우리에게 알려진 시를 살펴보자, 진달래꽃, 먼 후일, 못잊어, 예전에 미처 몰랐어요, 부모, 초혼, 개여울, 산유화, 세상 모르고 살았노나, 금잔디, 엄마야 누나야가 이 시집에 수록되었다.

여기서 동요로 많이 불려지고 있는 소월의 시 〈엄마야 누나야〉대하여 한마디 해야겠다. 결론부터 이야기 하자면 〈엄마야 누나야〉는 동요가 아니라는 것이다. 생각해 보면 일제 강점기, 소월이 뜬금 없이 동요를 썼겠는가?

이 시는 1922년 개벽에 처음 발표 할 당시만 하더라도 민족의 애환을 노래 한 시 였다. 그러나 1948년 전남 나주 출신 작곡가 안상현에 의해 처음 작곡 되었고, 1964년 대중가요 작곡가 김광수가 작곡 하여 지금은 잊혀진 가수 블루벨스가 불러 동요로 둔갑 해버렸다. 소월도 그렇게 생각하고 있을까?

소월은 아름다운 서정시 126편을 남기고 1934년 한 해가 저무는 12월 24일 안타깝게도 돌연 사망하고 말았다. 이로써 시인의 생애(生涯)는 시어(詩語)처럼 한(恨)으로 가득한 채 끝맺음되었다.

소월이 살아있을 당시 함께 '영대' 동인활동을 하던 소설가 김동인이 쓴 〈문단 30년사〉에 의하면 다음과 같은 글이 있다.

"소월은 본시 안서의 문하에서 시도(詩道)를 닦을 적에는 그 시풍은 물론이요 원고용지의 모양 형식까지도 스승(안서)본을 따서 우리는 그의 장래성을 아주 무시하였는데 그가 자기의 길을 민요에서 발견하고 〈삭주구성〉을 노래 부르며 문단에 데뷔할 때 그의 스승을 비롯하여 온 문단은 이 놀라운 천재의 출연에 입을 딱 벌렸다."

또한 서울대학교 교수를 역임한 정한모 시인은 1982년 새문사에서 출간한 그의 저서 《김소월 시 연구》에서 김소월 시인을 두고 다음과 같이 평을 했다.

"한서가 민을 자처하고 전통율의 포로가 되고 만 데 비하여 소월은 민요를 모태로 출발하여 이식(移植)의 과정에서 방황하던 당시의 시단에 진정한 한국 근대시의 꽃을 피워 놓은 시인이었다."

시집 《진달내꽃》은 서지학적으로 보면 안타까운 점이 많다. 머리글도, 후기도, 시 해설도 없다. 적어도 시집을 왜 출간했는지 소월이나 김억이 한마디쯤 해주었으면 소월을 연구하는 후학들이 우왕좌왕하지는 않았을 것이다.

그래도 소월 시집 〈진달래꽃〉은 베스트셀러가 되었다.

소월시집 《진달내꽃》은 그동안 네 차례 영인본이 출간되었다. 그 중에 한 권은 한성도서주식회사 총판 원본 표지 그림인데 출처가 불분명하고 어디서 누가 만들었는지 모른다. 영인한 날짜가 없다는 것이다.

또 다른 두 권은 문학사상 자료조사 연구실에서 영인했다. 일명 빨간 표지의 《진달래꽃》와 '한국현대시 원본 전집 20, 1925년 판'이라 되어있고, 또 한 권의 《진달래꽃》은 회색 표지로 '한국 현대시 원본 전집 20, 1939년 판'이라고 되어 있다.

　여기서 1925년판이라 함은 한성도서주식회사 총판 원본《진달내 꽃》이 발행된 연도가 맞지만, 1939년판은 소월이 사망 후 김억이 만든 일종의 유고시집《소월시초》를 말한다. 그러나 두 영인본의 내용은 같다.

　표지의 지은이 이름도 김소월이 아니라 김정식으로 되어있다. 이 영인본도 의문이 풀리지 않는다. 아무리 영인본이라 할지라도 영인(影印)한 날을 밝혔다면 훗날 서지를 연구하는 사람들이 혼란스러워 하지 않고 연구 대상으로 의미를 더 부여했을 것이다.

　2013년 9월 5일, 1925년에 출간된 초간본 소월 시집《진달내꽃》이 '김소월 제1시집'이라는 부재를 달고 영인본이 아닌 전자책으로도 만들어졌다. 그동안 많은 책들이 전자책으로 만들어지기는 했지만 그 중에서도 소월 시집이 다른 책보다 젊은 독자층을 사로잡는다. 우선 표지가 화려하다. 디자인을 현대적으로 하지 않고 1960년대 책처럼, 요즘말로 표현하자면 빈티지라고 할까? 전자책의 특징이 아닐까 한다.

　전자서적이란 정보를 전자적으로 저장하여 단말기를 통해 책처럼 읽을 수 있도록 만든 시스템이다. 종이출판의 일반적 한계를 뛰어넘는 여러 특성으로 오래전부터 주목받아온 미디어 매체이다. 정보통신 기술 발달과 전용 단말기가 빠른 속도로 보급되면서 젊은층을 상대로 한 출판 독서 문화를 혁신하고 있다. 여기에 소월 시집도 한 몫하고 있다.

김소월 사후死後 연보

   그동안 출간되었던 김소월 시집이나, 또는 연구서, 신문잡지를 통해 김소월의 연보가 많이 발표되었다. 연보의 종류도 다양하다. '생애 연보'가 있는가하면, '작품 연보'도 있다. 소월을 연구한 '연구 연보'까지 있다. 이런 다양한 연보는 후학들이 김소월을 연구하고 독자들이 그의 시를 이해하는 데 많은 도움이 되었을 것으로 믿는다. 그러나 그가 타계한 지 88년이 되었는데도 '사후(死後) 연보'는 발견할 수 없었다.

   사후 연보란 그 사람이 죽은 후에 일어난 업적이나 행적을 적어 두는 것을 말한다. 간혹 1968년 서울 남산에 시비를 세웠다든가, 1981년 금관문화훈장을 받은 것까지는 기록이 있는데 그 이후 소월의 행적을 적은 연보는 발견할 수 없는 실정이다.

   여기 정리한 '김소월 사후 연보'는 그동안 소월의 자료 정리를 하면서 신문, 잡지, 인터넷, 그리고 각종 서적을 통해 찾아낸 자료들이다. 말 그대로 사후 연보다. 혹시 오류가 있을 수도 있다. 부천문학도서관(010-6248-2918)으로 연락주시면 수정하도록 힘쓰겠다.

   2018년 스타북스에서 발행한 《김소월 시집》 280쪽에 〈김소월 사후연보〉가 수록 된 적이 있었다. 이는 2016년 도서출판 산과 들에서 발행한 구자룡, 구미리내 저서 《진달래꽃 김소월 시집을 찾아서》 부록 306쪽의 것을 무단 복제한 것임을 밝힌다.

- 1934년 12월 24일
33세의 나이로 요절

- 1934년 12월 27일
동아일보와 조선일보에 고인의 부고가 실림

- 1934년 12월 30일
조선중앙일보에서 사망 시간을 8시로 발표

- 1935년 1월 10일
서울 백합원에서 추모 시낭송회 열림.
김안서, 김동인, 모윤숙, 박종화, 염상섭,
이하윤, 정지용, 이광수 등 참석

- 1935년 1월 14일
김안서, 조선중앙일보에 '요절한 박행(薄倖)
시인 소월에 대한 추억' 발표

- 1935년 1월 29일
박귀송 시인, 동아일보에 〈김소월 추도시〉 발표

- 1939년 12월 30일
김억 《소월 시초》 박문출판에서 발행

- 1948년 1월 10일
김억 《소월민요시선》 장만영이 경영하던
산호장에서 발행

- 1948년 1월 20일
중등국어 1학년 교과서에 처음으로 소월의시
'엄마야 누나야' 수록

- 1950년 2월 5일
해방 이후 첫 이본 소월 시집 《진달래꽃》 숭문사
에서 출간

- 1952년 10월 5일
6.25 전쟁 중, 문교부에서 발행한 〈고등국어〉
1-2 학기에 '금잔디'를 비롯해 6편이 실렸음
그 외, 1953년 〈고등국어 2〉에 '진달래꽃',
1953년 〈중학국어 3-1〉에 '산유화1957년
〈고등국어 1〉에 '금잔디', 1961년 〈중학국어
2-1〉에 '진달래꽃' 등이 각각 수록

- 1952년 4월 1일
장만영, 박목월 《김소월 서정 시선집》 창조사
에서 발행

- 1955년 2월 10일
북한 조선작가동맹 출판사에서 《김소월 시선
집》 발행

- 1955년 9월 27일
20주기 추모 시낭송회-서울 동방문화회관에서
개최 함. 사회 김광섭, 문학강의 양주동, 백철,
시낭송 양명문, 모윤숙 외

- 1956년 1월 1일
소월의 시 20편이 인용된 정비석 소설 《산유
화》, 월간 《여원》에 1년 6개월간 연재

- 1959년 1월 20일
박목월, 범조사에서 출간한 《토요일의 밤하
늘》 107쪽에 자작시 〈소월의 시〉 수록

- 1957년 4월 20일
영화 《산유화》 서울 중앙극장 상영. 주연 신귀
한, 장혜경, 감독 이용민, 제작 아세아 영화사

- 1958년 4월 20일
이용민 감독, 영화 《산유화》호 한국평론가 협
회상 수상

- 1958년 5월 20일
영화 《산유화》 문교부 선정, 국산영화 촬영상
수상

- 1958년 11월 15일
박영사에서 소월시 전집 《초혼》 발행

- 1959년 5월 29일
영화 《사노라면 잊을 날 있으리라》
조영암 원작, 유주연 감독

- 1959년 6월 17일
동아일보, 소월의 3남 김정호, 남한에 살고 있
다고 보도

- 1959년 8월 10일
  김동성, 영역본《Selected Poems of Kim So Wol》발행

- 1962년 5월 26일
  영화, 김소월 일대기《불러도 대답 없는 이름이여》서울 명보극장 상영
  감독 : 전웅중, 주연 : 김진규, 최은희

- 1966년 10월 10일
  프랑스어 번역본《한국현대시집》에 소월시 18편 수록

- 1966년 12월 20일
  영화《산유화》다시 제작, 서울 명보극장 상영 함
  감독 : 박종호, 주연 : 신영균, 고은아

- 1968년 4월 20일
  한국일보사애서 서울 남산에 국내 최초로 소월 시비 '산유화' 세움

- 1968년 9월 4일
  3남 김장호 동아일보에〈아버지 소월〉을 발표

- 1968년 12월 19일
  영화《엄마야 누나야 강변 살자》상영
  감독 : 최훈, 주연 : 신성일, 윤정희

- 1969년 6월 25일
  영화《못잊어》국도극장 상영 함
  감독 : 박구, 주연 : 신영균, 남정임

- 1972년 2월 1일
  월간《현대시학》권말부록 '소월 시' 50편 수록

- 1973년 8월 23일
  KBS 한국방송 제1TV '명작의 고향', 김소월의《진달래꽃》방영

- 1973년 1월 31일
  영화《왕십리》국도극장 상영
  감독 : 임권택, 주연 : 신성일, 김영애

- 1979년 12월 3일
  극단 성좌 국립극장에서《못잊어》공연

- 1981년 10월 20일
  정부로부터 금관문화훈장 받음

- 1981년 12월 23일
  한국방송공사에서 전국민 1800명 대상으로 가장 좋아하는 동시 설문조사에서《엄마야 누나야》어린이 대상 3위, 엄마 대상 6위를 차지

- 1982년 9월 6일
  MBC 문화방송 제정 한국 가곡 공로상(가사 부문) 수상

- 1982년 10월 23일
  MBC 문화방송 TV 주말연속극《못잊어》방영 함
  주연 : 정애리, 이덕화

- 1983년 2월 21일
  MBC TV《산유화》일일연속극으로 방영
  연출 : 김수동, 주연 : 임동진, 김자옥

- 1983년 12월 31일
  장은숙이 부른〈못잊어〉'전국노래 자랑'에서 123번 불려 1위 차지

- 1984년 9월 12일
  김소월의 시〈진달래꽃〉등 300여 편 외국어로 번역, 한국문예진흥원《한국문학작품 실태 조사서》했다고 동아일보 보도

- 1985년 10월 20일
  서정주〈육자백이 가락에 타는 진달래꽃〉예 전사에서 출간

- 1986년 6월 8일
  음악평론가 이상직, 소월시 140여 편 가곡으로 작곡되었다고 동아일보에서 보도

- 1986년 8월 15일
  전철 2호선 강변역 '엄마야 누나야' 시화판 설치

1987년 2월 1일
월간 《문학사상》 '소월시문학상' 제정. 제1회 시상
수상자 : 오세영의 '그릇'외1편

1987년 4월 6일
KBS 1TV, 정비석 원작 《산유화》 방영 함
연출 : 전세권, 주연 : 유동근, 전인화

1987년 5월 13일
오산학교 개교 80주년기념 김소월 자료 전시회 개최

1987년 7월 12일
KBS 1TV 비디오 인물전 《소월 김정식》 방영

1987년 10월 20일
소월의 시 스웨덴어 번역본 《KARLEK LUST OCH PLAGA》 마티 스트린드룬드 번역 발행

1987년 10월 28일
제1회 시의 날 기념 사극 김소월의 《진달래꽃》 공연
출연 : 김성녀

1990년 9월 1일
대한민국 문화부, 김소월 '이달의 문화 인물' 선정

1990년 10월 27일
KBS 2TV 토요객석, 《소월의 노래》 방영

1991년 9월 23일
영화 《산산이 부서진 이름이여》 국도극장 상영
신성일 제작, 정지영 감독

1993년 5월 10일
KBS 2TV 수목드라마 《왕십리》 방영
주연 : 천호진, 금보라

1993년 6월 26일
배제대학교 '소월 청소년문학상' 제정
제1회 '선생과 선생님' 당선

1994년 3월 15일
김소월 기념 사업회 창립했으나 그 후 운영이 잘 안되어 없어짐

1995년 9월 23일
소월 시집 《진달래꽃》 발간 70주년 기념 시낭송회, 서울 북촌 청우극장
주최 : 계간 시와 시학사

1996년 3월 26일
한양대학교 미래연구소 설문조사 '내가 좋아하는 한국의 시' 〈진달래꽃〉 1위. 500명 중 323표 득표

1997년 3월 2일
문화방송 아침드라마 《못잊어》 방영
연출 : 최창욱, 극본 : 최순식. 출연 : 선우재덕

1997년 6월 20일
서울시 성동구, 〈왕십리〉 시비 세움. 그후 네 번 이전 함. 현재는 2호선 전철 왕십리역 북쪽 광장에 있음

1997년 12월 6일
김소월 일대기 《꽃이여, 바람이여》 김복희 무용단 공연. 정동극장에서 공연

1998년 1월 10일
영어 번역본 《Fygitkue Dlcams》 로랄드 B 해치지니 번역 미국에서 발행

1999년 5월 27일
20세기를 빛낸 한국의 예술인상 수상
한국예술평론가협회 주최

2000년 11월 12일
MBC-TV 주말연속극 《엄마야 누나야》 방영
연출 : 이관희, 주연 : 안재욱, 황수정

2002년 2월 1일
계간 《시와 시학》 봄호와 여름호를 '김소월 탄생 100주년 기념특집호'로 발행

● 2002년 6월 1일
계간 《창조문학》 여름호로 '소월 탄생 100주년 기념호' 발행

● 2002년 12월 22일
김소월 기념 사업회 제정, 김소월 문학상 제정, 시상

● 2003년 12월 28일
러시아어 번역본 《素月》 김려호, 발라쇼프 러시아에서 공동번역 발행

● 2004년 4월 10일
베트남어 번역본 《Hoa China He》 레디호안 번역 발행

● 2005년 9월 10일
서지학자 김종욱, 충남 아산에서 김소월 육필 전시회를 개최

● 2007년 5월 15일
연극 《소월》 우현종 작, 연출 서울 혜화동. 극단 실험실에서 공연

● 2007년 7월 3일
영어 번역본 《AZALEAS》 데비드 멘켄 미국에서 번역 발행

● 2007년 12월 3일
러시아 사할린 동포 김소월 시낭송회 개최 함, 러시아 경재법률정보대학, 러시아 한국교육원 주최

● 2008년 10월 1일
서울시 성동구 성동문화원 주최, 전국 소월 시 백일장 개최

● 2008년 11월 15일
계간 '시인만세'에서 한국 현대시 탄생 100주년 기념 설문조사에서 김소월 〈진달래꽃〉 1위를 차지

● 2009년 3월 21일
한국문인협회 원주지부 박경리 공원에서 '김소월 시 낭송회' 개최

● 2009년 5월 21일
러시아 조각가 '그레고리 포터스키', 김소월 흉상, 강원도 영월군에 기증

● 2010년 12월 13일
극단 현장, 장하룡 원작 연극 《팔베개의 노래》를 진주 아트홀에서 공연

● 2010년 9월 7일
인천 수봉공원에서 '시(時)시(詩)시(視)' 희귀본 소월 시집 전시회를 개최

● 2010년 9월 28일
서울시 성동구에서 세운 '왕십리' 시비, 왕십리역 광장으로 이전

● 2011년 3월 30일
일본어 번역본 《진달래꽃》 히야시 요꼬 번역, 일본에서 발행

● 2011년 2월 25일
매문사에서 발행한 두 종류의 초간본 시집 《진달래꽃》 문화재로 4권 등록

● 2011년 10월 9일
KBS 1TV, 한글날 특집 《김소월, 아프리카에 가다》 방영

● 2011년 11월 12일
소월 유스 심포니 오케스트라 창단 소월 아트홀에서 공연

● 2011년 12월 30일
배재대학교 문화예술학부 단과대학 명칭을 '김소월대학'으로 변경

● 2012년 2월 21일
숙명여대 가야금 연주단, '소월에서 소월을 만나다'를 소월 아트홀에서 공연

● 2012년 6월 1일
서울 성동구, 소월 탄생 110주년기념 문화콘서트 '소월을 노래하다' 공연

- 2012년 9월 20일
  중국어 번역본 《金》 장청화 번역, 중국에서 발행
- 2012년 9월 25일
  한국시인협회, 파주에서 김소월 탄생 110주년 기념 '문학콘서트'를 개최
- 2012년 10월 13일
  제주도 우도에서 동굴소리연구회, 《소월의 서정 시 혼》 공연
- 2012년 10월 13일
  소월의 외 증손녀 성악가 김성은, 예술의 전당에서 《소월을 부르다》 공연
- 2012년 10월 21일
  계간 《시인세계》, 소월의 《진달래꽃》을 한국 대표시집으로 선정
- 2012년 12월 13일
  한국 신예신문사, 소월문학상 제정, 제1회 시상식
- 2012년 12월 15일
  중국 길림성 동아연구회, 김소월 시가 낭송회 개최
- 2013년 3월 4일
  서울 성동구 시설관리공단, 소월아트홀에서 소월 인물 스케치전 개최
- 2013년 4월 13일
  서울시 성북구청 《장애인을 위한 김소월 시낭송 오디오북》 제작
- 2013년 6월 13일
  서울 성동문화원 뮤지컬 《가도 가도 왕십리 비가 오네》 공연
- 2013년 9월 7일
  서울 성동문화원, 제2회 소월 문학콘서트 《하늘 땅 메나리》를 개최
- 2013년 10월 7일
  소월 시 〈산유화〉 한국역사박물관 벽에 게시 문화의 달 기념
- 2013년 10월 20일
  서울 성동구 에서 발행한 〈성동 나들이〉 김소월 학창시절 왕십리에서 살았다고 주장함
- 2013년 10월 31일
  춘천 문화예술회관, 춘천 시립청소년합창단, 《엄마야 누나야》 공연
- 2014년 4월 3일
  극단 현장, 연극 《팔베개의 노래》 특별공연 진주아트홀
- 2014년 4월 7일
  성악가 심학송, 대구에서 김소월 시 독창회 개최
- 2014년 5월 24일
  보라매공원, 김소월 기념사업회 '전국 김소월 백일장' 개최
- 2014년 8월 28일
  소월 음악회 '시가 노래되어' 공연. 서울 강남 구청 주최
- 2014년 9월 3일
  음악가 정추 추모음악회 '그립다 말을 할까 하니 그리워', 광주에서 개최
- 2014년 10월 30일
  구자룡 엮음, 김소월 80주기 추모집 《진달래꽃, 김소월》 출간
- 2014년 11월 14일
  구자룡 컬렉션, 김소월 80주기 추모 특별기획전, '진달래꽃, 김소월을 추억하다.' 부천시청역 갤러리에서 개최
- 2014년 11월 15일
  부천예술포럼, 김소월 80주기 추모 콘서트 개최. 부천시청역 갤러리애서 개최

2014년 11월 16일~20일
소월 80주기 추모 시낭송회. 부천 복사골문학회. 한국작가회의 부천지부 주최. 부천시청역 갤러리에서 개최

2014년 12월 10일
부천 복사골문학회《부천문단》제28집, '김소월 80주기 추모 특집호' 발행

2014년 12월 13일
소리극《꽃이 피네 꽃이 지네》공연. 소월아트홀에서 개최

2014년 12월 30일
극단 골목길, 《소월 평전》공연. 대학로에서 공연

2015년 4월 18일
강원도 인제 한국시집박물관, 소월 시집《진달래꽃》발간 90주년 기념 김소월 문학 콘서트 개최

2015년 5월 1일
세종문화회관애서 백석대학교, 김소월 시집《진달래꽃》발간 90주년 기념 특별전 개최

2015년 6월 9일
구자룡, 《월간문학》9월호에 〈김소월 시집 진달내꽃 누구를 위한 문화재 지정인가〉발표

2015년 10월 9일
KBS 1TV 한글날 특집《김소월 브라질을 가다》방영

2015년 10월 16일
소월아트홀에서 국악단 절대가인, 소리극《꽃이 피네 꽃이 지네》공연

2015년 10월 19일
소월아트홀에서 목월 탄생 100주년 기념, '소월, 목월을 만나다'

2015년 11월 12일
배재대학교 학생회 주최, 제2회 '김소월 진달래꽃 제祭'
배재대학교 교정에서 개최

2015년 12월 1일
구미리내, 《월간문학》12월호, '김소월 시집《진달래꽃》발간 90주년 기념특집' 〈김소월 시집은 왜 베스트셀러가 되었을까〉 발표

2015년 12월 19일
김소월 시집 초간본《진달내꼿》중앙서림총판. 서울 화봉 경매장에서 1억3천500만원에 낙찰

2015년 12월 25일
구미리내, 조선일보 칼럼, 〈문학관 하나 없는 국민시인 김소월〉발표

2016년 5월 23일
도서출판 산과들에서 구자룡-구미리내, '소월 시집 〈진달내꼿〉출간 90주년 기념'《진달내꼿, 소월시집을 찾아서》출간

2018년 3월 20일
종로문인협회에서 김소월의 시집 〈진달래꽃〉을 출간한 매문사 터(서울 종로구 연건동 121번지)에 기념표시판을 세움, 그러나 이는 최초로 찾은 사람의 허락 없이 무단으로 하였음

2018년 3월 22일
김포시장 유영록과 구자룡, 대한민국 최초의 '김소월 문학관' 건립 협약 체결. 그 후 20여 개의 신문, 잡지 방송에서 보도

2018년 6월 10일
김소월의 시 〈진달래꽃〉을 최초로 작곡한 손석우 작곡가를 50년만에 재회

2018년 7월 1일
구자룡, 《월간조선》7월호, 〈소월시로 만든 한국 대중가요들〉소개

- 2018년 9월 15일
도서출판 산과들에서 구자룡-구미리내, 《김소월, 대중가요를 만나다》 출간

- 2019년 3월 13일
경기도 김포시에서 체결한 〈김소월 문학관〉 건립을 시장이 바뀌자 일방적으로 없던 일로 인천일보에 보도 됨. 그 후 이제까지 사과 한 마디도 없음

- 2019년 9월 11일
충남 진천군 중평읍에 한국문인회 이사장 이철호 김소월 문학관 세우다

- 2019년 10월 20일
우크라이나 수도 키에프에 있는 '우크라이나 국립대학' 교정에 김소월 시인 흉상 세움

- 2019년 11월 12일
김소월의 시 〈진달래꽃〉을 최초로 작곡한 작곡가 손석우 타계, 향현 100세

- 2020년 4월 30일
소월의 시 〈진달래꽃〉 발표 100주년 기념 〈그대에게 꽃이 되다〉를 국립도서관에서 전시회 개최

- 2020년 9월 1일
서울 교보문고 아트스페이스 김소월 등단 100주년 기념 시화전 개최

- 2021년 9월 11일
세종 덕종 서원서 김소월 시인 주제 음악회 개최

- 2021년 9월 30일
서울 배재학당역사박물관에서 '김소월 시 다시 써보는 특별전' 개최

- 2021년 6월 10일
페루시아어로 번역된 소월 시집 〈진달래꽃〉이란서 발행

- 2021년 10월 17
엠비씨넷 방송에 구자룡 소장 김소월 시집 방영

- 2022년 5월 19일
김소월 탄생 120주년 기념 창작 발레 '소월의 꿈' 공연

- 2022년 6월 18일
김소월 친손녀 김은숙을 만나 김소월시인 탄생 120주년 기념시집 진달래꽃 출판에 따른 감사 싸인지 받음

- 2022년 6월 22일
서울시립합창단 '쁘디 콘서트 가곡시대(詩代)' 공연 중, 김소월의 〈산유화〉, 〈진달래꽃〉, 〈초혼〉 등 발표

- 2022년 6월 22일
소설가 김훈, 소월의 시 〈산유화〉 '산에 산에 피는 꽃은 저만치 혼자서 피어있네'를 인용한 소설 〈저만치 혼자서〉를 출간

- 2022년 6월 23일
서울 성동구, 6월 호국의 달 기념으로 국립합창단을 초청, 김소월의 시 〈못잊어〉, 〈산유화〉를 노래

- 2022년 9월 7일
김소월 시인 탄생 120주년 기념 시집 진달래꽃을 박물관사랑 강병우 대표, 구자룡, 구미리내 엮음으로 출간

김소월 시인 탄생 120주년 기념 시집

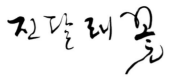

| 인 쇄 | 2022년 08월 25일 |
| 발 행 | 2022년 09월 07일 |

엮은이	구자룡, 구미리내
펴낸이	강병우
펴낸곳	박물관사랑
주 소	서울특별시 성동구 광나루로 275 금용빌딩 3층
이메일	Kang9122@hanmail.net
전 화	02-2264-3334

편집디자인	아름원
영문번역	우형숙
캘리그라피	한글연구소 강병인

ISBN   979-11-960103-5-5   03180

정가 27,000원